늙은 어부

늙은 어부

초판 1쇄 발행 2010년 2월 19일
초판 3쇄 발행 2011년 10월 5일
글쓴이 | 차오원쉬엔
그린이 | 설현
옮긴이 | 전수정
펴낸곳 | 해와나무
펴낸이 | 박선희
편집 | 방일권, 한유경, 김소라
디자인 | 이안디자인
마케팅 | 이정원
제작·관리 | 황현종, 안주영
출판 등록 | 2004년 2월 14일 제312-2004-000006호
주소 | 서울특별시 서대문구 충정로 3가 466번지 유앤미A 상가 2층
전화 | (02)362-0938, 7675
팩스 | (02)312-7675
ISBN 978-89-6268-043-0 43820

* 값은 뒤표지에 있습니다.
* 여름산은 해와나무의 청소년 도서 브랜드입니다.
* 해와나무 도서 판매 수익금의 일부는 한우리봉사단과 아름다운재단 등에 기부되어
  소외 아동과 청소년을 위해 사용됩니다.

甛橙樹

by 曹文軒

늙은 어부

차오원쉬엔 글 · 설현 그림 · 전수정 옮김

여름산

'아름다움' 을 찾아서

우리는 아름다움을 좋아하지만, 아름다움이 가진 힘에 대해서는 거의 언급하지 않습니다. 우리들은 '지식은 힘이다', '사상은 힘이다' 라고 자주 말합니다. 우리는 스스로 지식인이 되려고 하고, 사상을 가진 사람이 되고자 합니다. 그래야만 강자가 될 수 있다고 생각하기 때문입니다. 하지만 아름다움이 지식과 사상을 뛰어넘는 엄청난 힘을 가지고 있다는 것을 아는 사람은 많지 않습니다.

오늘날 중국의 학교(한국 학교의 상황은 잘 모르므로) 교육은 지식에 대한 교육이며 사상에 대한 교육입니다. 학교는 사람을 길러 내는 곳입니다. 어떤 사람으로 만들기 위해 노력하고 있을까요? 학교는 완전무결한 사람, 완성된 사람, 완벽한 사람을 길러 내려고 합니다. 하지만 완벽한 사람을 길러 내는 기준이 지식과 사상뿐일까요? 아마도 아닐 것입니다. 보다 완전한 사람이 되기 위해서는 더 많은 기준에 부합해야 할 것입니다. 여기에는 아름다움을 살피고 찾으려고 하는 심미적 기준도 포함시켜야 합니다. 중국의 《사자성어 사전》에는 아름다움이 가진 힘이 얼마나 큰지 말해 주는 말들이 많습니다. 문학 작품을 보아도 과거의 문학 작품들은 늘 아름다움과 연관되어 있습니다. 왜냐하면 과거의 작가들은 아름다움을 문학에서 빼놓을 수 없는 중요한 요소로 보았기 때문입니다. 하지만 이 아름다움의 위치는 점점 주변화되어 가고 문학 작품에는 이른바 사상이라는 요소를 많이 담게 되었습니다. 세상은 점점 더 심각한 사상에 주목하고 아름다움과는 멀어져 갑니다. 저는 이렇게 되어 가는 현실이 최악의 상황이라고 생각합니다. 저는 중국의 수백 개 초등학교, 중학교를 다니면서 선생님들과 아이들에게 아름다움이 우리에게 얼마나 큰 의미를 가지는가를 힘 있게 이야기합니다. 어떤 일들은 지식과 사상으로 해결할 수 없고 아름다움만이 그것을 해결할 수 있다고 믿기 때문입니다.

러시아의 위대한 작가 톨스토이는 장편 소설 《전쟁과 평화》에서 우리에게 큰 의미를 주는 장면을 연출했습니다. 주인공이 부상을 입고 의

기소침한 채 전쟁터에 누워 있었습니다. 조국 러시아는 나폴레옹의 프랑스군에 의해 점령당했고, 그의 사업과 가정과 사랑도 모두 깨져 버렸습니다. 이런 상황에서 어떤 힘이 그를 구원해 주고 그에게 삶의 용기를 주었을까요? 그것은 조국이라는 개념도 아니고 민족이라는 개념도 아닌, 러시아의 하늘, 숲, 초원, 강물이었습니다. 이는 중국 철학의 대가인 장자가 말한 '천지의 아름다움'입니다. 이 아름다움의 힘이 그에게 삶의 용기를 주었던 것입니다.

그렇기 때문에 우리는 사상, 지식 교육을 받아야 하는 동시에 아름다움을 찾고 누릴 수 있는 교육도 받아야 합니다. 우리는 가능한 한 아름다움을 많이 느끼고, 느끼기 위해 노력해야 합니다. 자연으로 들어가 아름다움의 경지에 빠져 보십시오. 우리는 심각한 사상을 지닌 책을 읽는 동시에 아름다움이 가득한 책도 읽어야 합니다. 아름다운 글들은 여러분 평생의 동반자가 될 것입니다. 여러분에게 정감과 흥미도 줄 것입니다. 저는 사상만 있고 정감이 없는 사람은 건전한 사람이 아니며 사랑스러운 사람이 아니라고 생각합니다.

　오늘날 물질화된 세계는 즐거움과 놀이와 재미와 웃음거리만을 찾습니다. 이런 상황에서 아름다움의 위치는 크게 흔들리고 있습니다. 이는 아주 걱정스러운 일입니다. 저는 오직 우리가 아름다움의 빛을 볼 수 있기를 바랍니다. 아름다움이 있으면 모든 것이 있는 것이고, 아름다움을 잃어버리면 모든 것을 잃어버리는 것입니다.

　바라건대, 이 책을 통해 여러분들과 더불어 아름다움을 찾는 길에 동행하고 싶습니다.

　　　　　　　　　　　　　차오원쉬엔 2009년 12월 8일 북경대학에서.

| 차례 |

한국의 청소년들에게 4

흰 울타리 11

늙은 어부 51

멍청한 닭 88

먼 산의 조각상 105

오렌지 나무 137

초상 전야 171

흰 울타리

누구나 어린 시절의 기억은 미묘하고 몽롱하며 복잡하게 얽혀 있어 흐릿한 느낌일 것이다. 그 느낌은 기억의 망망대해 속에 착 가라앉아 있다가 생명의 마지막 불꽃이 꺼지려는 찰나에 갑자기 반짝하고 떠오를 것이다. 그리고 여름날 황혼 무렵 노을이 지듯, 조용히 서쪽 하늘을 가득 채우며 시간을 거꾸로 되돌려 놓을 것이다. 그러면 꿈처럼 순진하고 순수하며 황금빛으로 찬란하게 빛나는, 꽃향기 가득한 어린 시절로 되돌아가게 되는 것이다.

어린 시절, 나는 우리 반 담임을 맡았던 여선생님을 좋아했다.

1

아버지는 농촌 초등학교 교장이었다. 우리 가족은 아버지가 부임한 학교 안 사택에서 살았다.

내가 일곱 살이 되던 해, 여선생님 한 분이 도시의 사범 대학을 졸업하고 아버지가 교장으로 있는 초등학교로 부임해 왔다. 처음 그 선생님을 본 것은 우리 집 대문 앞에서였다. 그때는 집 앞 치자나무에 하얀 치자꽃이 가득 피어나고 있었다. 그녀는 치자나무 아래에 서서 활짝 핀 꽃을 쳐다보고 있었다. 오전 열 시의 황금빛 태양이 치자꽃처럼 뽀얀 그녀의 피부에 비스듬히 비치자, 무르익은 복숭아처럼 보송한 솜털이 금빛을 띠었다. 그녀의 눈에 대해 말하자면, 그 당시 나는 한 번도 그런 눈을 본 적이 없어 뭐라고 말해야 할지 모르겠다. 나중에 그 눈은 수년간 시시때때로 떠오르곤 했는데 지금까지도 말로는 제대로 설명할 길이 없다. 재작년에 나는 남쪽 지방으로 여행하다가 산수가 수려한 곳에 이르러 경치를 감상하던 중 우연히 그 느낌을 되찾았다. 그날 맑은 계곡물이 흐르는 곳에서 바위 위로 올라가 손으로 물을 떠 올리며 놀다가, 정전이라도 된 듯 동작을 멈추게 되었다. 깊고 차가운 시냇물 바닥에 뚜렷이 보이는 까만 돌을 발견했기 때문이었다. 바람결을 따라 잔잔한 파장이 이는 물속에서 그 두 개의 작은 돌이 수수께끼처럼 반짝였다. 푸른 시냇물 속에서 나는 그녀의 눈을 보았던 것이다.

"꽃이 참 예쁘구나."

선생님이 그렇게 말하는 순간 공기가 순식간에 달콤하게 변한 것 같았다.

나는 문지방에 우두커니 앉아 말린 고구마를 질겅질겅 씹어 먹다가 선생님이 다른 곳을 보는 사이에 말린 고구마를 얼른 품속에 감췄다.

"꽃이 정말 예쁘다!"

나는 집 안으로 들어가 걸상을 가지고 나와 나무 아래 놓았다. 그리고 걸상 위로 올라가 꽃을 따서 선생님 앞에 내밀었다.

선생님은 향긋한 치자꽃을 받아 들고 나를 향해 싱긋 웃었다.

"너 교장 선생님네 가족이겠구나?"

나는 고개를 끄덕였다.

선생님이 꽃을 머리에 꽂았다.

"예쁘니?"

나는 고개를 끄덕였다.

"이제부터 날마다 하나씩 따 줄래?"

나는 또 고개를 끄덕였다.

선생님이 나를 향해 방긋 미소 지은 뒤 걸어갔다.

잠시 뒤 앞쪽 방에서 가만가만 부르는 물소리 같은 노랫소리가

들려왔다. 지금 생각해 보니 선생님이 노래를 잘 부르는 편은 아니었다. 사실 선생님이 제대로 노래 부르는 걸 들어 본 적도 없다. 그러나 그 목소리만은 영원히 잊지 못한다. 순수하고 맑으면서도 기분 좋은 밝은 목소리는 마음속 깊은 곳에서 가늘게 흘러나오는 것 같았고, 한밤에 들판을 비추는 한 줄기 달빛 같았다.

선생님은 자기 방에서 자주 노래를 불렀기 때문에 그 뒤로 선생님의 노래를 자주 들을 수 있었다. 선생님이 노래를 부르면 나는 문지방에 앉아 말린 고구마를 질겅질겅 씹어 먹었다. 그러다가 나도 모르게 노랫소리에 빠져 손등에 침을 뚝 하고 떨어뜨리곤 했다. 그러면 그제야 정신이 난 듯이 또 다시 말린 고구마를 질겅거리며 먹었다.

그러던 어느 날 피리 부는 남자가 선생님 앞에 나타났다. 그 뒤로는 선생님의 노랫소리 대신 피리 소리만 듣게 되었다.

선생님 방과 우리 집 사이에는 높은 담 대신 낮은 울타리가 있었다. 어느 날, 외할머니 집에 갔다가 돌아오는데 푸른 나무들 사이로 언뜻 흰빛이 보였다. 유심히 들여다보니 울타리가 하얀색으로 바뀌어 있었다. 선생님이 아버지에게서 페인트를 얻어 하얗게 칠한 것이었다.

무르익은 가을에 흐드러지게 피어난 들국화와 하얀 울타리가 어우러져 더할 수 없이 아름다웠다.

2

선생님이 강단에 서서 부끄러운 듯 우리를 향해 웃음을 지었다. 그제서야 나는 그 선생님이 우리 반을 가르치게 된 국어 선생님인 것을 알았다.

초등학교 1학년 학생은 가르치기가 가장 힘들다. 아이들은 말썽쟁이 원숭이처럼 하나같이 걸상에 제대로 앉아 있지 못하고 들썩거리며 장난을 쳤다. 작문 노트에 매번 '나는 다음에 절대로 장난을 치지 않겠습니다.' 라고 쓰며 잘못을 뼈저리게 뉘우치고 철저히 바꾸겠다고 다짐했던 기억이 난다. 다른 아이들도 하나같이 그 말을 썼다. 이번 글에도 그 말이 있고 다음번 작문에도 또 그 말이 있다. 그러나 그 나이에는 장난치고 싶은 유혹을 뿌리치기가 쉽지 않다. 수업이 시작되면 십 분 정도만 가만히 있을 뿐, 어느새 코를 잡고 몸을 꼬고 귀를 긁다가 턱을 쓰다듬는 등 마치 교실 가득 모기라도 날뛰고 있는 것처럼 행동했다. 귓속말을 하거나 책상 아래에서 유리구슬 놀이를 하거나 집에 있는 상자를 털어 가져온 동전으로 장난을 치기도 했다. 선생님이 뭐라고 하든 우리는 전혀 듣지 않았다. 그 시절에는 코까지 질질 흘려 조금만 정신을 팔아도 어느새 누런 코가 두 줄기 강물이 되어 줄줄 흘렀다. 누군가 한 아이가 '후룩' 하고 코를 들이마시면, 모두들 코를 흘리고 있다는 생각을 떠올리며 교실 안은 수풀 사이로 바람이 지나가듯 '후룩, 후룩' 하는 소리로 요란해졌다. 그때 고개를 들어 보면 강단에 서 있는 선생님이 안경 너머로 무섭게 노려보고 있다. 나는 숨을 가다듬고 '우린 지금 듣고 있어요!' 라고 말하듯 눈을 동그랗게 뜨고 선생님을 바라본다. 잠시 뒤 교실 안에서 본격적인 장난이 시작된다. 처음에는 누에가 뽕잎을 갉아 먹듯 작은 소리지만 나중에는 빗방울이 파초 잎에 떨어지듯 교실 안 여기서 홀쩍, 저기서 홀쩍거리는 소리가 마치 홍수 물이 흐르듯 시끄럽다. 이런 탓에 아무도 1학년을 가르치고 싶어 하지 않았다.

그런데 1학년 교실에 그 여선생님이 나타났다. 게다가 미소까지 짓고 있었다. 예전에 우리를 가르쳤던 선생님은 도무지 웃을 줄 모르는 사람 같았다. 우리는 예전 선생님이 웃는 걸 한 번도 본 적이 없었다.

선생님은 머리에 치자꽃을 꽂고 있어서 교실 안에 은은한 향기가 풍겼다. 우리는 더 이상 말썽을 피우지 않았고, 그 뒤로도 말썽을 피우지 않았다. 수십 개의 눈동자가 선생님에게 집중되었다. 선생님이 말할 때 눈을 보았고, 입꼬리가 살짝 올라가는 입 모양과 분필을 만지작거리는 손을 바라보았다. 선생님은 세 손가락으로 분필을 쥐었는데, 엄지와 무명지가 피어난 꽃잎 같았다. 우리는 선생님을 보고 있었지만 목소리는 들을 수 없었다. 아니, 선생님의 음성을 들을 수 있었지만 그저 음성일 뿐 뭐라고 말하는지 내용이 제대로 들리지 않았다.

당시, 나의 바보 같은 모습은 분명 우습기 짝이 없었을 것이다. 게다가 우리는 이제 코를 흘리지 않았다. 사실 코를 흘리지 않은 것이 아니라 선생님에게 보이고 싶지 않아 흐르는 걸 꾹 참고 있었던 것이다.

선생님이 교실로 들어오면 교실은 마치 가을날의 연못처럼 조용해졌다.

그런데 조용해진 우리 반 아이들이 예상과는 달리 중간고사를 엉망으로 치러 시험에 통과한 사람이 겨우 네다섯 명밖에 안 되었다. 아버지가 선생님을 불러 온화한 태도로 어찌 된 상황인지 물었다. 저녁에 흰 울타리 너머로 선생님이 흐느끼는 소리가 들려왔다.

선생님이 교실에 다시 들어섰을 때 선생님은 더 이상 웃지 않았다. 선생님은 첫째 줄에 앉은 아이부터 차례로 다그치기 시작했다.

"너 왜 시험을 못 봤지?"

따귀는 묻는 말에 대답은 안 하고 선생님 눈만 멀뚱히 쳐다보았다.

"너한테 묻고 있잖아! 어째서 시험을 못 봤느냐고?"

선생님이 화를 냈다. 그런데 선생님이 화를 내니까 더 예쁘게 보였다.

따귀가 더듬거리며 말했다.

"저기요, 저는 수업 시간에 선생님만 봤어요."

"날 본다고? 나의 뭘 본다는 거야?"

"선생님 눈이요!"

선생님은 웃음이 나오는 걸 억지로 참으며 이빨로 입술을 깨물었다. 선생님은 다음 아이에게도 같은 질문을 했다. 그런데 대답이 이구동성이었다.

"저도 선생님 눈을 봤어요."

선생님의 질문에 고개를 푹 숙인 채 내가 똑같은 대답을 하자, 선생님이 가쁘게 숨을 몰아쉬었다. 잠시 뒤 선생님이 야단을 쳤다.

"너희들은 전부 나쁜 녀석들이야!"

우리는 고개를 들고 선생님이 교실 문을 나가는 모습을 바라보았다.

우리는 자리에 앉은 채 꿈적도 하지 않았다. 마음속으로 부끄럽기도 하고 괴로웠다. 아이들은 하나같이 죄지은 사람처럼 고개를 푹 숙였다. 우리는 선생님 방문 앞으로 가서 벽에 기댄 채 줄줄이 서 있었다. 여학생 몇이 선생님 방문에 귀를 꼭 붙이고 방 안 소리에 귀를 기울이며 속삭였다.

"선생님이 울어."

그 말은 뒤로, 뒤로 구령처럼 전해졌다.

"선생님이 운대."

"선생님이 온대."

"선생님이 온대……."

문이 열리고 선생님이 밖으로 나왔다.

우리는 긴장해서 생쥐들처럼 모두 한쪽으로 바짝 붙어 섰다.

선생님이 조용히 물었다.

"너희들, 앞으로도 수업 시간에 내 눈만 쳐다볼 거니?"

우리는 구호를 외치듯 동시에 소리쳤다.

"아니요!"

3

선생님은 조용하면서도 활달한 성격이어서 우리와 잘 놀아 주었다. 한번 놀기 시작하면 선생님은 어느새 어린아이처럼 우리들과 한 덩어리가 되었고 자기가 선생님이라는 사실을 잊어버렸다. 선생님은 가끔 우리를 데리고 텅 빈 들판으로 나갔다. 우리는 참새처럼 선생님을 둘러싸고 종알거리며 떠들었다. 선생님이 어디를 가든 우리는 선생님 뒤를 바짝 쫓아다녔다. 가끔 선생님은 갑자기 뛰어갔다. 그러면 우리도 뒤쫓아 뛰었다. 선생님은 우리가 뒤쫓는 걸 알고 뒤돌아보며 걸음을 멈추었다가 우리가 거의 따라잡았을 때 다시 뛰어갔다.

어느 땐가 동북 지역 숲 속에서 작은 사슴을 쫓고 있을 때 불현듯 나는 그 시절의 선생님 모습이 떠올랐다. 가련하면서도 다정해 보이는 사슴이 장난기 어린 눈으로 나를 바라보고 있었다. 내가 사슴을 향해 걸어가면 사슴이 실바람이나 부드러운 구름처럼 사뿐히 뛰어갔다. 그러나 한참을 뛰어간 뒤에는 걸음을 멈추고, 나를 뒤돌아보았다. 그 모습이 말할 수 없이 사랑스러웠다.

선생님은 우리를 좋아했다. 특히 나를 좋아했다.

엄마 말로는 내가 어렸을 때부터 예의가 바르기 때문에 언제나 사람들에게 사랑받았다고 한다. 두 살이 되기도 전부터 나는 엄마 젖을 거의 먹지 않았단다. 이웃집 사람들이 나를 안고 가서 재롱떠는 걸 보려고 했기 때문이다. 한 집에서만 그러는 것이 아니라 이 집 저 집에서 나를 안고 갔고, 심지어는 우리 집에서 500미터나 떨어진 집에서도 데려갔다고 한다. 젖먹이가 있는 집에서 데리고 간 경우에는 나에게 그 집 엄마의 젖을 먹였다. 그 때문에 우리 엄마는 젖이 불어서 애를 태우며 강가를 따라 나를 찾아 헤매다가 어렵게 나를 찾아 집으로 데리고 왔다고 한다. 나는 일곱 살 때 벌써 철이 들어 예의 바르게 말을 했고, 얌전하게 행동했으며, 욕지거리나 남들이 싫어하는 짓은 거의 하지 않았다. 아마도 그랬기 때문에 선생님이 나를 좋아했던 것 같다.

그런데 선생님의 그 작은 사랑 때문에 나는 병이 났다.

선생님 집은 우리 고장에서 5킬로미터 정도 떨어진 곳에 있었다. 매주 토요일 오후가 되면 선생님은 집으로 돌아갔다. 그런데 한번은 집에 갈 때 갑자기 무슨 생각에서인지 손을 내 어깨 위에 올려놓으며 엄마에게 말했다.

"얘를 우리 집에 데려가도 될까요?"

엄마는 허락했다.

선생님이 고개를 숙이고 나에게 물었다.

"갈래?"

나는 얼른 고개를 끄덕였다.

나는 한껏 들떠서 5킬로미터나 되는 거리를 선생님을 따라 걸어갔다.

선생님도 기분이 좋은지 길을 가는 내내 콧노래를 불렀고, 손에 닿는 대로 바싹 마른 강아지풀을 꺾기도 했다.

그 시절에는 텔레비전이 없었다. 저녁밥을 먹은 뒤에는 발을 씻고 해바라기 씨 같은 것을 까먹곤 했다. 선생님 집은 가난하지 않았지만, 그렇다고 여덟 살밖에 안 된 나를 위해 침대를 하나 더 마련할 수는 없는 일이었다. 더구나 농촌에는 그런 풍습도 없었기 때문에 손님이 오면 잠자리를 좁혀서 한 침대에서 머리를 반대 방향

으로 두고 같이 잤다.

'난 누구 발 아래서 자게 될까?'

나는 속으로 생각했다.

"나랑 함께 자자."

선생님이 말했다.

나는 그 자리에 우두커니 서 있었다.

선생님이 등잔불을 들고 방 안으로 들어갔다.

"이리 와."

나는 머뭇거리며 따라갔다.

"옷 벗어야지."

그때 내가 얼마나 천천히 옷을 벗었는지 옷 벗는 데만 일 년이 걸린 것 같았다. 옷을 벗는 것이 아니라 껍질을 벗겨 내는 것만 같았다.

"빨리 벗고 얼른 이불 속으로 들어와, 추워."

그 당시 농촌 아이들은 잠옷 같은 것을 걸치지 않고 홀딱 벗고 잠을 잤다. 마침내 윗옷을 다 벗었다. 나는 고개를 푹 숙이고 부끄러워하며 나의 납작한 가슴을 내려다보았다. 벗은 몸이 흉하다는 걸 생전 처음 느끼면서 어색하고 이상한 기분에 휩싸여, 나도 모르게 팔로 가슴을 가린 채 바지는 벗지 않았다.

"바지도 벗지 그래."

선생님의 말에 나는 고개를 숙이고 침대 위에 깔아 놓은 꽃무늬 가득한 이불을 바라보았다.

나는 그 상황을 어떻게 모면해야 할지 몰라 궁색해하면서 식은 땀을 흘렸다. 그저 캄캄한 어둠 속을 향해 밖으로 뛰쳐나가고 싶은 마음뿐이었다. 그런데 선생님은 오히려 아무렇지도 않은 듯 뭔가 필요한 물건을 가지러 다른 방으로 갔다. 그 틈에 나는 바지를 벗었다. 마치 막다른 곳으로 내몰린 들고양이가 갑자기 구멍을 보고 그리로 뛰어들듯 나는 침대로 올라가 황급히 이불 속으로 들어갔다. 선생님이 안 보셨다!

"어머, 어쩜 그렇게 빠르니?"

방에 돌아온 선생님이 머리에 꽂았던 머리핀을 빼고 머리를 흔들었다. 그러자 하루 종일 묶였다가 마침내 자유를 찾은 머리카락이 자르르 흘러내렸다. 선생님이 옷을 벗었다.

나는 둥우리에 있던 새가 사람을 보고 놀란 것처럼 이불 속에 쏙 들어가며 움츠렸다. 아무것도 볼 수 없었지만 눈을 뜨면 못 볼 것이라도 보게 될까 봐 눈을 꼭 감았다. 그러나 내 귀와 코는 막을 수가 없었다. 나는 선생님이 옷 벗는 소리를 들었고, 옷을 벗은 뒤 몸에서 나는 따뜻하고 신선한 체취를 느꼈다. 그 체취는 영원히 내 기억 속으로 흩어졌다. 지금 생각해 보면 나는 그 당시 포획된 작은 동물처럼 벌벌 떨고 있었지만 마음은 그 소리들과 체취를 좋아했던 것 같다.

선생님이 이불 한 귀퉁이를 들어 올리는지 한쪽으로 차가운 공기가 들어왔다.

선생님이 이불 속으로 들어오면서 발을 쭉 뻗었다. 선생님의 발이 내 몸에 닿았을 때 나는 감전이라도 된 듯 순식간에 온몸으로 뜨거운 기운이 돌았다. 그 기운은 내 가슴속으로 깊이 파고들며 가슴을 뛰게 만들었다. 엄마나 할머니하고는 같이 자 보았지만 다른 여자 어른과는 처음으로 같은 이불을 덮고 자게 된 것이다. 나는 막 깨어난 병아리가 얼음 구멍에 빠진 것처럼 바들바들 떨었다.

"춥니?"

선생님이 물었다.

"아니요……. 안 추워요."

그러나 나는 내가 떨고 있는 것을 느낄 수 있었다.

"이불을 끌어당겨 덮어."

나는 긴장해서 이불을 제대로 잡아당기지 못했다.

"이불을 꼭 덮으라니까."

선생님이 발등으로 내 몸을 문질렀다. 그런데 선생님의 발등이 조금 차가웠다. 아직 불을 끄지 않았기에 이불을 잡아당길 때 그 사이로 비친 등불 빛에 선생님의 발이 보였다. 동그란 곡선이 아름다운 발과 막 깐 마늘 같은 발가락이 보였다. 나는 얼른 이불로 그

것을 덮었다.

나는 선생님 옆으로 바짝 다가갈 엄두를 내지 못했다. 선생님의 몸이 너무 뜨겁고 부드러운 것 같아 부끄러운 생각만 들었다. 나는 여덟 살 아이가 가질 수 있는 온갖 부끄러움을 느끼며 온몸이 긴장되고 후끈거려 벽 쪽으로 바짝 붙었다.

그러나 선생님은 춥다며 오히려 내 쪽으로 꼭 붙었다.

나는 이미 벽에 딱 붙어 있었기 때문에 더 이상 선생님을 피할 수가 없었다.

선생님은 정말로 추운지 내 몸에서 온기를 얻으려는 듯 자기 몸을 내 등에 꼭 댔다.

나는 내 몸에 천 조각 하나라도 걸치고 있었으면 하고 간절히 바랐지만, 옴짝달싹도 할 수 없어 눈을 꼭 감고 있을 수밖에 없었다. 전에 막 알을 까고 나온 복슬복슬한 새끼 오리를 만졌던 일이 떠올랐다. 새끼 오리를 손바닥 위에 올려놓으면, 새끼 오리는 도망치려고 발버둥을 치지만 결국 도망가지 못한다. 어쩔 수 없다는 걸 알게 되는 순간, 모든 걸 포기하고 내가 하는 대로 몸을 맡기며 말을 잘 듣는다.

이불 속에서 나는 새끼 오리 같은 신세였다.

선생님의 몸에 대해 처음에는 별다른 느낌 없이 그저 뜨겁다는 느낌뿐이었다. 이불 속에서 자는 것이 아니라 뜨거운 물이 흐르는 온천수 속에서 목욕을 하고 있는 것만 같았다. 그러다가 차츰 다른 느낌들이 전해졌다. 커 가면서, 경험도 풍부해지면서 그런 섬세한 느낌들에 대해 차츰 다른 인상들이 더해 갔다. 어떤 느낌들은 없어지지 않고 일생 동안 영혼 속에 살아 있으며, 간혹 부활하여 성장해 간다는 것을 알게 되었다. 그러나 그 당시에는 몽롱한 느낌에 휩싸였을 뿐이었다. 선생님의 몸은 유난히 매끌매끌했다. 그것은 마치 봄바람에 살랑거리는 매끌매끌한 백양나무 잎 같고, 잔잔한 호수처럼 매끄러우며, 대리석처럼 반들반들했다. 물처럼, 버들강아지처럼 부드러운 느낌이었다. 나는 점차 선생님의 몸이 뜨겁지 않게 느껴졌다. 오히려 선생님의 몸은 눈처럼, 새벽바람처럼, 달빛처럼, 늦은 가을비처럼, 깊고 차가운 곳에서 막 뽑아낸 상아 빛깔 연뿌리처럼, 또는 숲 속 저 깊은 곳에서 불어온 처량한 퉁소 소리처럼 차갑게 느껴졌다.

눈을 뜨고 지붕 위로 난 창문을 바라보았다. 하늘은 강물처럼 파랬고 희미한 달빛이 서리를 입은 것처럼 하얗게 빛나고 있었다.

호기심 때문인지, 아니면 공기가 차고 청아해 잠이 오지 않아서인지 선생님이 내 발을 어루만졌다. 선생님의 손은 따뜻했다. 발이 좀 간지러웠지만 나는 꼼짝도 하지 않았다. 선생님은 마치 내 발가락 숫자가 모자라는지 확인이라도 하려는 듯 하나하나 손으로 만졌다. 그렇게 세고 또 세더니 마침내 발가락 숫자를 모두 확인하고 안심한 듯 더 이상 세지 않았다. 그러나 선생님은 내 발에서 손을 떼지 않고 여전히 손가락으로 내 발을 잡고 있었다. 왼발을 만지고 오른발을 만지고 또 왼발을 만졌다가 오른발을 만졌다. 처음에는 살살 만지더니 점점 세게 주물렀다. 너무 세게 만져서 아프기까지 했지만 나는 비명을 지르지 않고 그러는 대로 내버려 두었다. 이상한 것은 그 순간에도 내 온 신경이 발에만 모이지는 않았다는 것이다. 비둘기 생각, 들판에 있는 연못에서 고기 잡는 생각, 엄마 생각이 났고 엄마의 팔찌와 귀걸이, 그리고 마당 안에 있는 치자꽃을 떠올렸다.

밤바람이 문틈과 창문 틈으로 들어왔다. 밤이 깊을수록 바람은 더 차가워졌다.

선생님은 온기를 찾아 이불 깊숙한 곳을 더듬더니 더 따뜻한 곳이 없는지 두 손으로 내 복사뼈를 꼭 잡고 잡아당기며 밑으로 내려왔다. 내 몸이 선생님보다 훨씬 가벼웠기 때문에 눈 언덕에서 나무토막이 굴러 떨어지듯 끌려갔다. 내 발이 무엇인가에 닿는 순간 나는 깜짝 놀라 온몸을 떨며 얼른 움츠렸다. 그런데 선생님은 오히려 힘껏 내 발을 잡아당겼다. 발 다리 할 것 없이 온몸이 화로처럼 달아올랐다. 할머니는 겨울이면 내가 할머니 발 아래에서 자는 것을 좋아하셨다. 할머니는 다른 노인들에게 "손자가 발 아래에 있으면 화로를 놓은 것 같아."라고 말씀하시곤 했는데, 선생님에게 그날 나는 다름 아닌 그 화로가 된 것이었다.

선생님은 나뭇잎처럼 밤바람에 덜덜 떨었다. 선생님은 자기가 나를 꼭 안고 있다는 사실을 잊고 있었다. 나는 금방이라도 죽을 것 같았다.

머리가 좀 맑아지자 내 발이 지금 선생님의 몸 어디에 닿아 있는 지에 생각이 미쳤다.

나는 꼼짝도 할 수 없었다.

한겨울 추운 밤, 이불 속에서 여덟 살 난 사내아이의 체온이 선생님에게 더할 수 없는 만족감을 주고 있었다. 선생님은 조용히, 그리고 확실하게 따뜻함을 지키고 있었다.

내 발이 물컹한 덩어리 위에 있다는 느낌이 들었다. 수년 뒤에 그때 일을 다시 떠올리면 따스한 정원처럼 느껴졌다.

내 발은 열전도 선처럼 점차 민감해졌다. 선생님의 가슴이 고르고 부드럽게 뛰고 있었다. 나는 처마 밑에 매달린 파르스름한 고드름을 떠올렸다. 햇볕을 받으면 고드름에서 수정 같은 물이 한 방울씩 떨어진다. 선생님의 가슴이 그 물방울처럼 톡톡 뛰었다.

나는 몽롱해졌다. 얼마나 지났을까, 선생님의 손이 차츰 풀리더니 시든 꽃처럼 툭 떨어졌다. 선생님이 잠들었다.

나는 조심스럽게 발을 끌어당기고 몸을 한쪽으로 뺐다. 조금씩 옮겨 가는 시간이 마치 한 세기를 지나듯 길게 느껴졌다. 한참 만에 머리를 이불 밖으로 내밀고 작은 새우처럼 몸을 움츠렸다. 내 몸이 조금씩 선생님의 몸에서 떨어졌다. 우리 둘 사이에 서서히 틈새가 생겼다. 찬 바람이 뒷머리와 등을 지나 이불 속으로 들어왔다. 잠시 뒤 나는 벌벌 떨기 시작하다가 온몸을 부들부들 떨었다.

선생님은 편안하게 잠든 채 가늘게 코를 골았다. 그 소리는 마치 잔잔한 밤바람이 달빛 아래 펼쳐진 뽕나무밭에 부는 것처럼 부드럽고 고르게 들렸다.

잠이 쏟아져 잠시 뒤 나도 잠에 빠져들었다. 그러나 왠지 편치 않고 선생님이 깨기 전에 옷을 입어야 한다는 생각이 들어 자꾸만 깜짝깜짝 놀랐다.

깊은 밤, 선생님은 꿈속에서 뭔가를 잃어버렸는지 손으로 이불 속을 더듬거리며 뭔가를 찾기 시작하더니 내 몸을 더듬으며 내 다리를 꼭 안고 또다시 나를 이불 속 깊이 잡아당겼다.

잠시 뒤 선생님의 손은 또다시 스르르 풀리며 나를 놓아주었다. 나는 다시 머리를 천천히 이불 밖으로 내밀었다.

몽롱하게 잠에 빠져 있는데 멀리서 닭 울음소리가 어렴풋이 들려왔다. 눈을 번쩍 뜨고 보니 방 안이 이미 밝아져 있었다. 나는 더 이상 잘 수 없어 이불 속을 기어 나와 옷을 입었다. 그리고 나서 배고프고 돌아갈 집도 없는 불쌍한 거지처럼 방구석에 웅크리고 앉았다. 날이 밝으려면 아직 한참 먼 시간이었지만, 달빛이 밝아 방

안이 밝게 보였다. 나는 날이 밝기를 지루하게 기다렸다. 그러나 방 안은 오히려 점점 어두워졌다. 그러다 어느샌가 스르르 잠이 들었다. 내가 잠에서 깼을 때 날은 이미 밝아 있었다.

밤새 놀란 데다 땀을 흘리고 바람을 맞아 나는 몸살이 났다. 오후에 선생님을 따라 집으로 돌아오는 동안 머리가 계속 무거웠다. 3분의 2 정도 왔을 때, 내가 휘청거리며 걸음을 제대로 못 걷고 열로 얼굴이 빨갛게 달아오르자 선생님이 내 이마에 손을 짚었다. 불덩이 같은 열에 선생님은 깜짝 놀라며 사방을 두리번거리더니 결국 쪼그리고 앉아 등을 내밀었다.

나는 그 자리에 선 채 꼼짝도 하지 못했다.

선생님이 나를 끌어당겨 업었다.

나는 팔을 선생님의 목에 걸치고, 머리는 향긋한 땀 냄새가 나는 선생님의 폭신한 머리카락에 묻었다.

나는 처음으로 아픈 것이 이렇게 편안할 수도 있다는 걸 알았다.

4

한 남자가 선생님을 찾아왔다. 그때 이후로 지금까지 나는 잘생

긴 남자를 수도 없이 보았지만 그 남자가 지닌, 말로 표현할 수 없는 분위기와 아름다움에 견줄 수 있는 남자는 두 번 다시 본 적이 없다. 그 남자는 민첩하거나 용맹하거나 강건한 사람과는 거리가 멀었고, 엄숙하거나 오만한 안하무인식의 성격도 전혀 아니었다. 그는 청아하고 깨끗한 분위기를 가진, 그렇다고 서생 같은 유약함이나 외모에만 힘쓰는 유생 같은 일면은 전혀 보이지 않는, 이 세상에 단 한 사람이었다.

그는 피리를 잘 불었다. 오로지 피리를 불려고 오는 사람 같았다. 그가 오기 시작한 뒤로 나는 늘 피리 소리를 듣게 되었고, 피리 소리가 멈춘 뒤에는 떠나는 발자국 소리가 들려왔다. 그는 언제나 황혼 무렵에 왔다. 학교 앞에는 수만 평에 이르는 연꽃밭이 있었다. 그는 선생님 방으로 들어가지 않고 선생님을 연꽃밭으로 불러냈다. 나는 달빛을 빌려 그들의 모습을 훔쳐보았다. 그는 큰 나무 기둥에 기대서 있고 선생님은 연꽃밭가에 앉아서 턱을 괸 채 조용히 먼 곳을 바라보고 있었다. 연꽃잎이 바람에 이리저리 흔들렸다. 멀리서 보면 아름다운 요정이 날아다니며 그녀를 부르는 것처럼 보였다.

나는 지금까지도 세상에서 가장 아름다운 소리를 내는 악기는 피리라고 생각한다.

그는 피리를 아주 잘 불었다. 그 소리는 해맑은 우박이 파랗고 투명한 얼음판 위에서 춤추고 있는 듯했다. 가느다란 황금 빛줄기가 연꽃밭 위를 지나는 듯했고, 깊은 연못에 돌 던지는 소리처럼 청아하게 들리기도 했다. 피리 소리가 울려 퍼지면 세상의 만물이 다 고요해지고, 광활하고 신비한 밤공기 속에 한 줄기 피리 소리만 울려 퍼졌다.

넋을 잃게 만드는 피리 소리에 내 영혼이 종종 끌려가 버렸다. 그 소리가 내 어린 시절을 환상 가득한 아름다움으로 이끌었다. 그 뒤로 내 마음에 어떤 욕망이 끓어오르거나, 영혼이 더러움에 물들거나 할 때면 언제나 깊은 계곡물처럼 맑은 그 피리 소리가 귓가에 울렸다.

가끔 나는 그 남자에게 묘한 질투심과 증오심을 느꼈다.

5

나는 열 살이 되었다. 열 살은 황당한 나이다.

나는 개구쟁이가 되었고 선생님 앞에서 여러 가지로 나를 표현해 보이기를 좋아했다. 그해 내가 했던 멍청한 짓들은 내가 일생 동안 저지른 멍청한 짓보다 더 많았다.

나는 사내아이였지만, 천성이 겁쟁이였고 남자다운 기개라고는 눈곱만큼도 없었다. 나는 툭하면 얼굴을 붉혔고 낯을 가렸다. 게다가 밤을 무서워해서, 밤이면 오줌 누러 나가기가 겁이 나 참고 참다가 결국 엄마를 소리쳐 부르며 불을 켜 달라고 했다. 그러다 엄마가 잠결에 얼른 깨지 못하기라도 하는 날이면 참았던 오줌보가 터지며 실례를 하고 말았다. 우리 집 문 앞에 서 있는 나무에는 툭하면 이불이 걸렸는데, 이불 위에는 여러 가지 이상한 모양의 누런 지도가 추상화처럼 그려져 있었다. 밤새 내가 그린 걸작들이었다. 선생님이 우리 학교로 온 뒤로 그런 일은 크게 줄어들었다. 그래도 가끔 실수를 했는데 그럴 때면 나는 엄마에게 문 앞에 작품들을 내걸지 말라고 사정을 했다. 선생님에게 보이고 싶지 않았던 것이다. 아홉 살이 되고부터 그 부끄러운 일은 말끔하게 끝낼 수 있었다. 그러나 담은 여전히 콩만큼이나 작았다. 그런데 열 살이 된 뒤로 나는 갑자기 담이 커졌다. 칠흑같이 캄캄한 밤에 바람이 으스스하게 울부짖고 황야가 신출귀몰하는 흉악한 몰골로 보여도, 나는 혼자서 골목으로 나가 아이들을 가르치고 집으로 돌아오는 선생님을 마중했다.

"넌 겁이 없구나."

선생님이 말했다.

"저는 아무것도 무섭지 않아요! 저는 어렸을 때부터 겁이 없었어요."

나는 득의양양해서 부끄러운 줄도 모르고 허풍을 떨어 댔다. 그러나 캄캄한 밤에는 내 다리가 가을바람에 흔들리는 갈대처럼 바들바들 떨려 왔다.

내가 어렸을 때 가장 영예롭던 순간은 바로 허풍 떨던 순간이다.

마을에 들소가 한 마리 있었는데 내가 쓴《바다소》에 나오는 소보다 더 거대하고 사나웠다. 요즘 텔레비전에서 스페인의 투우에 관한 장면을 자주 방영하고 있는데, 그 장면을 볼 때마다 사람들은 혼비백산한다. 온몸을 뒤틀며 경련을 일으키듯 거칠게 날뛰는 소를 볼 때마다 나는 그 들소를 떠올리곤 한다. 들소가 흙벽돌로 된 작은 벽을 들이받은 적이 있는데 하마터면 오두막집 주인을 받아 죽일 뻔했다. 한번은 들소의 야성이 발작을 일으켜 말뚝을 뽑고 회오리처럼 수십 리를 뛰어다니며 사람들을 들이받았다. 결국 세 사람이 부상을 당하고 그중 한 사람은 뿔에 받혀 죽다가 살아났다. 그 뒤로 그 들소의 등에 탈 생각을 하는 사람은 아무도 없었다.

어느 날 들소 주인이 학교 문 앞에 들소를 묶어 두고 풀을 뜯어 먹게 했다. 초등학교 교사들과 학생들이 들소 주위에 빙 둘러서서 구경을 했다.

그때 누군가 한마디 했다.

"누구 저 들소 위에 탈 수 있는 사람 있어?"

그러자 여기저기서 부추겼다.

"누구 저 들소 위에 탈 수 있는 사람 있어?"

나는 왠지 남선생님들이 나를 조금 질투한다고 느끼고 있었다. 내가 비록 열 살밖에 안 된 어린아이지만, 남선생님들은 내가 선생님 앞에서 웃음거리가 되는 꼴을 즐겼다. 지금은 나도 알고 있다. 열 살이든, 스무 살이든, 서른 살이든, 남자는 남자라는 것을. 여선생님들도 마찬가지였다.

어떤 한 여선생님이 내 나이를 까맣게 잊은 듯 내 손을 꼭 잡고 가서, 손을 번쩍 들며 큰 소리로 사람들에게 선포하듯이 내가 들소를 탈 수 있다고 소리쳤다.

나는 얼른 숨었다. 남선생님들과 아이들은 입을 모아 우우 소리치기 시작했다. 나는 선생님을 흘깃 바라보았다. 선생님이 한쪽에 서서 살며시 미소 지으며 발그레해진 얼굴로 웃고 있었다.

그때 나는 온 세상이 나를 질투하고, 내 체면을 구기려고 작정한 것만 같다고 느꼈다. 사람들이 신이 나서 모두들 깔깔거리고 있을 때 나는 사람들 사이를 뚫고 들소를 향해 한 걸음씩 다가갔다. 내 등 뒤는 찬물을 끼얹은 듯 조용해지면서 모두들 중풍에라도 걸린 듯 벌벌 떨었다. 내가 들소와 몇 걸음만을 사이에 두고 있을 때 선생님이 놀라서 소리쳤다.

"돌아와!"

"어서 돌아와!"

사람들은 두려움에 떨었다.

나는 선생님이 절망적으로 외치는 소리를 들었다.

"가지 마!"

그러나 나는 못 들은 체하고 계속 들소를 향해 한 걸음씩 다가갔다.

들소가 그 거대한 머리를 들었다. 나는 호박색으로 빛나는 음침한 눈을 보았고, 거친 숨소리를 들었다.

등 뒤에는 또다시 죽음 같은 정적이 감돌았다.

나는 얼굴에 흐르는 땀을 닦고 속도를 내서 손을 뻗어 들소 등 위의 갈기를 거머쥐었다. 그리고 훌쩍 뛰어올라 등에 올라탔다. 그때가 아마도 내가 처음이자 마지막으로 보인 용감한 행동이었을 것이다.

그 소는 정말 이상하게도 잠시 동안 조금도 움직이지 않았다. 녀석은 아마도 열 살짜리 소년의 엉덩이가 자신의 등 위에 올라앉을 줄은 꿈에도 생각 못했을 것이다. 녀석이 급작스럽게 움직이기 시작했을 때 나는 이미 녀석의 등에서 안정된 자세로 타고 있었다. 사람들을 굽어보고 있으려니 내가 훌쩍 커 버린 어른같이 느껴졌고, 굉장히 위대한 인물이 된 것만 같았다.

들소는 즉각 날뛰기 시작했다. 나는 들소의 갈기를 꽉 틀어쥐었다. 창자가 다 끊어져 나가는 것 같았고 뼈마디가 다 흩어지는 것만 같았다. 뜨거운 피가 머리끝으로 몰리는 듯해 나는 눈을 꼭 감았는데, 두 눈알이 터져 나가는 것만 같았다. 들소는 묶어 놓은 밧줄을 끊고 나를 태운 채 앞을 향해 돌진해 가기 시작했다. 내 엉덩이가 들소의 등 위에서 쿵덕거리며 튀어 올랐다.

들소가 들판을 향해 달려갔다.

숲 속을 향해 돌진했다.

탈곡장을 향해 돌진했다.

그때 세상에는 아무것도 없고 오직 나와 들소뿐이었다. 그리고 들소는 나를 땅에 패대기칠 궁리만 하고 있었다.

나는 내가 어떻게 될지 상상조차 할 수 없었다.

나중에 생각해 봐도 어째서 내가 그 순간에 우리 집 뒤의 대나무 숲에 높이 걸린 동그란 섬참새 둥지를 떠올리고, 달빛 아래 팔딱거리는 흰 물고기를 떠올렸는지 이해할 수 없다.

일이 예상 밖의 사건으로 번져 갔지만, 운 좋게도 체면이 서는 결말을 맞았다. 들소가 강가에 다다라 더 이상 갈 데가 없자 발길을 돌리며 나를 물속으로 내동댕이친 것이다.

들소는 들판을 향해 뛰어갔고, 사람들은 모두 나를 향해 뛰어왔다.

나는 강가로 기어 올라와 늠름하고 씩씩한 모습으로 위풍당당하게 제방 위에 우뚝 섰다.

선생님이 사람들을 헤치고 내 앞으로 뛰어왔다. 선생님 눈에 눈물이 그렁그렁했다. 선생님이 두 손으로 내 손을 꼭 쥐었다. 그 손은 차가웠고 덜덜 떨리고 있었다.

밤에 나는 허리가 끊어질 듯 아파서 베갯잇을 악물었다…….

6

열한 살이 되던 해에 갑자기 일어난 우연한 사건 때문에 나는 선생님을 조금 부자연스럽게 대하게 되었다.

그건 어느 초여름 날 오후의 일이었다. 아이들과 함께 풀밭에서 전쟁놀이를 하고 있었는데, '여의봉'으로 쓰던 막대기가 부러지는 바람에 맨손으로 격투를 벌였다. 그때 선생님 방 앞에 빨래를 걸려고 세워 놓은 대나무 기둥이 보였다. 나는 얼른 그리로 뛰어갔다. 선생님의 방문은 잠겨 있었는데, 내가 쾅 하고 부딪히자 문이 열렸다(나중에 생각해 보니 선생님이 문을 걸어 놓았지만 제대로 걸리지 않았던 것 같다). 그 순간 나는 뒤돌아보면 그 자리에서 돌이 되고 마는 전설처럼 그 자리에서 굳어 버렸다.

선생님이 "어머!" 하며 두 손으로 가슴을 가리고 놀라움과 부끄러움 가득한 얼굴로 나를 쳐다보았다.

"빨리 나가!"

선생님이 발을 동동 구르며 나를 돌려세우고 밀었다.

"빨리 나가라고!"

나는 그제야 정신을 차리고 쫓기는 범죄자처럼 몸을 돌려 뛰어나왔다. 그리고 얼마나 멀리 뛰어갔는지도 모른 채 한참을 뛰다가 아무도 없는 숲 속에서 멈추어 섰다. 나는 온몸에 힘이 빠져 푹 쓰러졌다. 그리고 울창하게 우거진 촉촉한 수풀 속에서 한참 동안 풀밭에 얼굴을 묻었다.

사실 나는 아무것도 보지 못했다. 단지 방 안에 언뜻 스치는 밝은 빛을 보았을 뿐이다. 그 경험은 나중에 몇 번이나 나를 일깨우며 찾아왔다. 언젠가 조용하고 그윽한 큰 산에서 녹음 사이로 흐르는 하얀 폭포수 한 줄기를 보았을 때, 초원에서 젊은 처녀가 신선하고 깨끗한 우유를 커다란 나무통에다 짜내고 있는 모습을 보았을 때, 또 한 번은 북쪽 도시를 여행할 때 맑고 투명하게 빛나는 얼음으로 조각된 소녀상을 보았을 때다.

날이 어두워지자 엄마가 나를 불렀다. 나는 들판에 앉은 채 대답하지 않았다. 그렇게 가만히 있다가 달이 둥실 떠올라 달빛으로 들판과 나무 끝을 비출 때에서야 집으로 돌아갔다. 나는 흰 울타리 저 너머의 희미한 불빛을 바라볼 엄두가 나지 않았다.

다음 날 수업 시간에 나는 고개를 들지 못했다. 그날 선생님은 수업을 하는데 어딘지 불안하고 어수선해 보였다. 목소리도 차분하지 못했다. 그 뒤로도 열흘 정도까지 나는 선생님을 보기만 하면 고개를 푹 숙이고 복도 벽에 거의 붙다시피 하며 도망쳤다. 어쩌다 눈빛이 마주치기라도 할 때면, 선생님은 예전처럼 미소를 지었지만 얼굴에는 부끄러운 홍조를 잔잔하게 띠고 있었다. 선생님은 몇 번이고 자신이 나의 선생님이라는 사실, 자기 마음속에 나는 그저 어린아이일 뿐이며 영원히 그럴 것이라는 사실을 알려 주려는 듯했다.

그렇게 어색한 상태가 한 달쯤 이어지던 어느 날, 피리 부는 남자가 일주일 동안 오지 않았다. 선생님은 초조한 듯 망연한 표정으로 걱정에 싸여 있었다. 어느 날 오후, 선생님은 나를 자기 방으로 불러내 손을 꼭 잡고 말했다.

"내 편지 좀 그 사람에게 전해 줄 수 있겠니?"

나는 고개를 끄덕이고는 편지를 들고 뛰었다. 내가 선생님을 위해 뭔가를 해 줄 수 있다는 사실이 무엇과도 비교할 수 없이 기뻤다. 나는 선생님이 나를 믿는다는 사실에 깊은 감동을 받았다. 단숨에 5킬로미터를 달려가서 그 남자가 교사로 있는 읍내 학교에 도착했다. 그런데 교문을 지나 선생님의 편지를 그의 손에 전달하려는 순간, 나는 방금 전 느낀 신바람을 잃어버리고 말았다.

나는 편지를 제대로 전달하지 못했다. 그는 이미 3일 전에 다른 학교로 전근을 갔고, 그 학교는 1500킬로미터나 떨어진 그 남자의 고향에 있다고 했다. 나는 그를 원망하며 마음속으로 욕을 퍼부었다.

그러나 집으로 돌아오는 길에 내 발걸음은 오히려 가벼웠고 구름 위를 걷고 있는 느낌까지 들었다. 나는 몇 번이나 높은 제방에서 아래쪽 큰 강가를 향해 달려가 물수제비 뜨기를 했다. 한번은 돌이 물 위에서 노는 작은 새처럼 열여덟 번이나 통통 튀었다.

7

나중에 나는 엄마 아빠가 이야기하는 소리를 듣고 알게 되었다. 그 피리 부는 남자가 선생님을 데리고 자기 고향으로 가서 같이 일하기를 원했지만, 선생님은 그에게 우리 학교로 전근 오라고 했다는 것이다. 그 남자가 결국 선생님의 말을 듣지 않고 고향으로 떠나 버린 것이다.

선생님은 여전히 미소 띤 채 열심히 수업을 하며 하루하루 시간을 보냈다. 내가 열두 살이 되던 그해, 치자꽃이 피었을 때 나와 내 친구들은 선생님이 열심히 가르쳐 준 덕분에 모두 중학교에 들어갈 수 있었다. 우리가 선생님에게 달려가 기쁜 소식을 전하자 선생님은 몸을 돌리고 울음을 터뜨렸다.

합격자 명단이 발표된 뒤 3일째 되는 날, 내가 밖에서 놀다가 돌아오자 엄마가 말했다.

"선생님이 떠나시겠다는구나."

"어디로요?"

"해변 마을로."

"언제 가신대요?"

"며칠 내로 가시겠지."

나는 밖으로 나갔다.

저녁에 나는 짐을 꾸렸다. 엄마가 물었다.

"뭐 하는 거니?"

"둘째 외삼촌이 갈대밭에서 갈대를 벤다고 하시잖아요. 배 지키는 일을 도와 드리려고요."

"너 외삼촌한테 안 간다고 하지 않았니?"

"이제 갈 거예요."

"얘 좀 봐, 제대로 결정도 못하고 이랬다저랬다 하네."

다음 날 일찍, 나는 작은 짐 보따리를 옆에 끼고 흰 울타리와 선생님 방을 한참 바라본 뒤 둘째 외삼촌 집을 향해 뛰어갔다.

그날로 외삼촌과 나는 배를 몰아 100킬로미터나 떨어진 갈대밭을 향해 출발했다.

밤낮으로 배를 몰아 이틀 뒤에 갈대밭에 도착했다.

울창하게 들어선 갈대가 마치 잔뜩 솟아난 황금 가지처럼 끝없이 펼쳐져 있었다. 그곳의 물은 푸르다 못해 짙은 남빛을 띠었고, 하늘은 광활하게 펼쳐져 있었다. 배가 정박해 있을 때 나는 태어나서 한 번도 못 봤던 새를 보았다. 어떤 새의 지저귐 소리는 무척 듣기 좋았다. 외삼촌은 갈대를 보러 갔다가 작은 새 둥우리를 발견하고는 나를 데리고 갔다. 그 새는 초록색이었는데 굉장히 귀여웠다.

나는 그곳이 맘에 들어 기분 좋게 삼촌의 배를 지키고 갈대를 묶었다. 그곳에서 신바람 나게 일하며 사흘을 보냈다. 그러다가 나흘째 되는 날 삼촌에게 말했다.

"저 집으로 돌아가야겠어요."

"그럼 남은 건 어떻게 해? 갈대는 이제 겨우 3분의 1밖에 베지 못했는데."

"그래도 전 집으로 돌아갈래요."

"너 정말 이렇게 제멋대로 하면 되겠니?"

"저 지금 돌아가야 해요!"

"안 돼!"

삼촌은 화를 내며 나를 그 자리에 놔둔 채 갈대숲으로 들어갔다.

오후가 되었을 때, 나는 배를 나무에 비끄러매 놓고 삼촌 호주머니에서 돈을 조금 훔쳐서 도망쳤다. 나는 15킬로미터를 뛰어 캄캄한 밤에 시외버스 터미널에 도착했다. 의자에서 하룻밤을 자고, 다음 날 아침 시외버스에 올랐다. 버스에서 내려 또 15킬로미터를 뛰어 해가 저물 즈음에서야 온몸에 먼지를 뒤집어쓴 채 집으로 돌아왔다.

엄마가 놀라서 소리쳤다.

"너 어떻게 돌아온 거야?"

나는 허둥거리는 눈으로 흰 울타리 너머 선생님 방을 쳐다보았다.

"선생님 가셨어."

"……."

"선생님이 닷새나 널 기다리시다가 그저께서야 가셨다."

"……."

"내가 선생님에게 치자꽃을 많이 꺾어 주고, 병에 물을 담아 주면서 키우라고 했어. 선생님이 떠나시면서 얼마나 아쉬워하던지……."

엄마가 중얼중얼 선생님 이야기를 늘어놓았다.

나는 문간에 앉아 선생님 방을 바라보았다. 항상 따뜻한 온기가 느껴지던 방에서 황량함이 느껴졌다. 나는 이제 그 방이 보기 싫어 몸을 돌렸다. 태양이 서쪽 갈색 나무숲 위를 떠돌고 있었다. 마치 영혼을 잃어버린 듯, 태양이 가지 사이에서 허둥대며 뭔가를 찾아 헤매다가 희망이 없는지 서서히 숲 뒤로 사라져 갔다.

8

다음 해에는 치자나무에 꽃이 피지 않았다. 말라 죽은 것이다.

선생님이 떠난 뒤로 나는 두 번 다시 선생님을 만나지 못했다.

늙은 어부

1

한여름이면 태양이 늘 하늘 한가운데서 눈부시게 이글거리며 쨍쨍 내리쬐었기에 사람들은 까맣게 그을렸다. 한낮이면 뜨겁게 끓어오른 열기가 공기 속을 꽉 메우면서, 멀리 보이는 지붕과 나무들이 환상 속 아지랑이처럼 어지럽게 피어올랐다. 회오리바람이 불 때마다 거리의 흙먼지가 바람을 타고 공중으로 날아올라 누런 회오리 기둥을 만들었다.

강가 갈대숲 속에는 구슬픈 울음소리를 내는 괴상한 새가 살았는데, 더운 날이면 유난히 더 울어 댔다. 후텁지근한 날씨를 뚫고 새의 단조로운 울음소리만 들려오고 있었다. 끊어질 듯 이어지는 그 단조로운 소리는 건조한 열기에 지친 사람들 마음에 더 깊게 새겨졌다.

우차오 읍 중학교에는 한 가지 규율이 있었다. 하절기에는 점심 식사 후에 남학생이든 여학생이든 모두 낮잠을 자야 하는 것이다. 시원한 그늘을 찾으러 나가도 안 되고, 강으로 수영하러 가는 것은 더구나 절대 금지 사항이었다. 낮잠 자는 시간에 여학생들은 책상에 엎드려 잠을 잤고, 남학생들은 긴 걸상에서 잤다. 반장만은 잠자지 않고 이리저리 돌아다니며 아이들을 감시했다. 이런 기묘한 규율이 언제부터 있었는지는 알 수 없지만 바뀌지 않고 여전히 지켜지고 있었다. 그러나 매번 누군가는 차가운 물의 유혹을 이기지 못하고 몰래 강물로 풍덩 들어갔다.

그러나 강에 몰래 들어갔다 나온 학생이 머리를 바짝 말리고 물에 들어갔던 흔적을 말끔하게 지운 뒤, 아무 일도 없었던 것처럼 감쪽같이 돌아와도 키 작은 교장의 검사를 통과하기란 쉬운 일이 아니다. 의심스런 학생을 만나면 교장은 우선 날카로운 눈초리로 위아래를 훑어본 뒤 묻는다.

"어디 갔다 왔지?"

그러면 물에서 놀다 온 아이가 거짓말을 늘어놓는다.

"화장실에 오줌 누러 갔었는데요."

"그래?"

교장이 가까이 다가와 길게 기른 새끼손톱으로 금강석 유리칼로 유리를 긁듯 학생의 몸에 죽 긋는다. 그러면 물에 불은 살결에는 금방 하얗게 긁힌 자국이 생긴다. 교장은 그 자국을 보고 "강물에 들어갔었군." 하면서 문밖을 가리키며, "땡볕 아래 한 시간 동안 서 있어."라는 명령을 내린다.

어느 날 점심시간이었다. 너무 더워서 어디에 몸을 두어야 할지 모를 지경이었다. 반장이 교탁 앞에서 말뚝잠을 자고 있을 때를 이용해서 나는 절친한 친구 마다페이에게 눈짓을 했다. 그러고는 교실 뒷문으로 살짝 빠져나갔다. 우리는 학교 뒤 강을 향해서 미친 듯이 뛰어갔다. 강가가 환히 보이는 곳부터는 아예 옷을 하나씩 벗어 던지기 시작했다. 마다페이의 옷은 성급히 벗어 던지는 손길에 단추까지 떨어져 나갔다. 물속으로 풍덩 뛰어들자 차가운 기운이 온몸을 감쌌다. 그 순간 우리 마음속에는 오로지 평생 물 밖으로 나가지 않겠다는 한 가지 생각뿐이었다.

나와 마다페이는 물에서 노는 데 정신이 팔려, 낮잠 자는 시간이 훌쩍 지나고 수업 시간까지 지나고 있다는 것을 까맣게 잊고 말았다. 퍼뜩 정신을 차리고 보니 벌써 오후 두 번째 수업 시간이었다. 우리는 강가에 걸터앉아 두 다리를 물에 담근 채 어떻게 할까 고민에 빠졌다. 마다페이가 말했다.

"기왕 일이 이렇게 되었으니, 아예 오후 내내 물속에서 놀자."

그렇게 말해 버리니 오히려 마음이 편안해졌다. 우리는 나무 그늘로 헤엄쳐 가서 '가마우지 물고기 잡기' 놀이(중국의 일부 지역에서는 가마우지 새를 이용해 낚시를 한다. - 옮긴이)를 했다.

나와 마다페이가 오후 세 번째 수업 시간이 지날 때까지 규율을 어기고 물장구친 이야기는 나중에 오랫동안 이야깃거리가 되었고 그 이야기에 살이 붙어 한동안 떠돌았다.

마다페이가 나를 잡으려고 물속에 들어갔다가 물 밖으로 나오면서 손을 높이 흔들며 소리쳤다.

"줄낚시다!"

나는 머리의 물을 털어 내며 물었다.

"뭐라고?"

마다페이를 향해 헤엄쳐 가면서 보니 마다페이가 끝없이 이어진 갈색 줄낚시를 끌고 오는 것이 보였다.

"진짜 줄낚시네."

우리는 무의식중에 고개를 두리번거리며 주위의 동정을 살피기 시작했다. 배 한 척이 저 멀리서 다가오는 모습이 보이자 마다페이가 서둘러 줄낚시를 물속으로 밀어 넣었다.

우리 둘은 서로의 얼굴을 바라보며 흥분에 들떴다. 우리 마을은 도처에 강이 있는 곳이고, 물이 있는 곳에는 물고기 잡는 사람이 있게 마련이라, 물고기를 잡는 방법도 여러 가지로 다양했다. 그물을 감아올려 잡기도 하고, 철망을 놓아 잡기도 하고, 그물을 끌어당겨 잡기도 했다. 또 그물을 치고 당기며 잡기도 하고, 통발이나 매듭을 쓰기도 했다.

그런데 그중에는 좀 이상하게 물고기를 잡는 방법도 있었다. 작은 배에 흰 페인트를 칠한 뒤, 캄캄한 밤에 강 한가운데로 저어 가서 흰 배를 세워 놓고, 달빛을 받아 하얗게 빛나는 배로 물고기를 유인하는 방법이 그것이다. '백도'라는 물고기는 하얀 배를 보면 물에서 펄떡 뛰어올라 달빛 아래서 멋지게 재주를 넘으며 하얀 배의 선실로 떨어진다. 우리 고장에서는 쏘가리 같은 물고기는 값을 쳐주지 않고 붕어를 좋아했다. 잔치가 있는 날이면 어김없이 붕어 한 접시를 내와야 제대로 된 상이라고 할 수 있었다. 우리 고장에서 붕어를 잡는 방법은 좀 특별하다. 한 묶음의 줄(돼지 피를 반복해서 물들인 줄.)을 500미터에서 1킬로미터에 이르게 물속에 길게 늘어뜨려 놓은 뒤, 120센티미터 간격으로 가느다란 대나무 가지를 묶어 놓는 것이다. 그 대나무 가지의 양 끝은 뾰족하면서도 부드럽게 휘어지는데, 그 양 끝을 마주 붙여서 끝에 통통하게 불려 놓은 밀을 끼워 넣는다. 이 대나무 가지를 '낚시 고리'라고 부르는데, 거기에 긴 줄을 이어서 물고기를 잡기 때문에 이 기구를 '줄낚시'라고 부른다. 낚시 고리는 물속에 둥둥 떠 있다가 먹이를 찾아 헤엄치던 붕어의 눈에 띄게 된다. 붕어는 황금빛으로 통통하게 살진 밑을 보고 먹을 것인 줄 알고 한입에 덥석 물게 된다. 그러면 밑이 떨어져 나가면서 그 탄력에 의해 낚시 고리가 펼쳐지고, 순식간에 붕어의 목구멍을 옆으로 걸게 되는 것이다. 꼼짝없이 낚시 고리에 걸린 붕어는 깜짝 놀라 낚시 고리를 털어 내려고 몸을 흔든다. 그러나 아무리 해도 떨어지지 않으면 몸부림을 치는 것이다.

　몸부림치다가 결국 힘이 다 빠지면, 그제야 도망칠 수 없는 덫에 걸린 걸 알고 나무에 열린 열매처럼 줄에 얌전히 매달리게 된다. 우리 고장 일대에서는 붕어 잡이 고깃배가 강물 위에 떠 있는 광경을 언제나 볼 수 있다. 어부는 하루에 줄낚시를 두 번 거두어들인다. 대략 오전 열 시쯤에 펼쳐 놓았다가 오후 네 시경에 거두어들이는데, 줄낚시를 거두어들인 뒤에는 배를 큰 다리 아래 나무 그늘에 대고 밑을 꿰어 넣기 시작한다. 그렇게 몇 시간 동안 작업을 하면 저녁 무렵에 다 꿰어 넣을 수 있다. 날이 어둑어둑해지면 다시 한 번 줄낚시를 풀어 놓았다가, 하룻밤을 새고 다음 날 또다시 거두어들인다. 한 번 펼쳤다가 거두어들이는 데 대략 두 묶음의 줄낚시가 필요하다. 줄낚시를 거두어들이는 순간이야말로 어부에게 가장 행복한 시간이다. 어부는 쉬지 않고 줄을 감아올리면서 물속에서 파닥이는 붕어가 눈에 띄면 손을 물속으로 쑥 집어넣어 정확하게 붕어를 잡는다. 그러고는 낚시 고리에서 떼어 낸 뒤, 맑은 물을 담아 둔 통에 던져 넣는다. 큰 녀석을 보면 우선 망을 펼치고 그 속에 넣어서 떼어 낸다. 어떤 곳은 수초가 많아서 붕어가 발버둥을 칠 때 낚시 고리가 수초와 엉켜 버리기도 한다. 그럴 때는 무리하게 잡아당길 수가 없다. 어부는 가지고 다니던 초승달 모양의 멋진 칼을 꺼내 물속에서 수초를 잘라 낸다. 그러면 녹색 명주실 같은 수초가 둥실 떠오르고 붕어도 물속에서 은빛으로 튀어 오른다. 기분이 한껏 좋아진 어부는 눈빛을 반짝이며 노랫가락을 흥얼거리게 마련이다.

나는 어릴 때 고래잡이배를 탄 어부가 멋지게 줄낚시를 치고 거두어들이는 모습을 구경하곤 했다.

순간 내 마음에 한 가지 욕망이 슬며시 일었다. 이번에 내가 직접 줄낚시를 거두어 봐야겠다는 생각이 든 것이다. 나는 마다페이를 바라보았다.

"너 줄낚시 거둬 볼래?"

마다페이의 욕망은 나보다 컸다.

"내가 그까짓 것도 못할까 봐? 그렇지 않아도 나도 지금 막 그 생각을 하던 중이었다고."

마다페이는 말을 마치기가 무섭게 줄낚시를 거두러 갔다. 줄낚시의 줄이 끊임없이 마다페이의 손을 지나갔다.

"나도 좀 해 보자."

마다페이는 말을 듣지 않았다.

"내가 먼저 하고 나서."

물속으로 작은 물꽃을 피우면서 마다페이가 앞으로 나아가자 붕어가 수면 위로 떠올랐다. 팔딱거리며 햇빛에 반짝이는 붕어의 은비늘을 볼 때마다 우리는 말할 수 없이 흥분했다.

마다페이의 손이 파르르 떨리고, 목소리까지 떨리고 있었다.

"주환! 가서 버드나무 가지 좀 꺾어 와. 물고기 좀 끼우게."

나는 팔딱거리는 물고기를 보며 급히 강기슭을 향해 헤엄쳐 가서 낭창낭창한 버드나무 가지를 꺾었다. 마다페이 옆으로 다시 돌아와 보니 물 위에는 또 다른 줄에 매달린 붕어가 파닥거리고 있었다. 그 붕어가 기세 좋게 펄떡거리며 작은 물보라를 일으켰다. 마다페이가 손에 든 줄을 느슨하게 놓자 붕어가 얼른 도망쳤다. 그러자 마다페이가 줄을 얼른 팽팽하게 잡아당겼다. 그 힘 때문에 붕어는 거의 수면 위를 날듯 튀어 올랐는데, 말할 수 없이 생동감 넘치는 장면이었다.

"나도 좀 해 볼게."

"안 돼."

마다페이는 반짝이는 두 눈을 동그랗게 뜨고 아직 힘이 다 빠지지 않은 물고기에서 눈을 떼지 않았다.

"네 일이나 해."

나는 마다페이를 한쪽으로 밀며 버드나무 가지를 던졌다.

"네가 물고기를 떼어 내. 난 낚시 고리를 거둘 테니까."

마다페이는 하는 수 없이 줄낚시를 나에게 넘겼다. 마다페이가 첫 번째 물고기를 떼어 내는데 물고기가 몸부림을 치더니 마다페이의 손아귀에서 벗어나 공중에 은빛 원을 그리며 물속으로 도망쳤다.

"돼지같이 둔하기는."

마다페이는 두 번째 물고기를 떼어 내면서 이번에는 손아귀에 힘을 잔뜩 주었다. 그 바람에 버드나무 가지에 꿰고 나니까 물고기가 이미 죽어 있었다.

나는 낚시 고리를 거두어들였고, 마다페이는 물고기를 떼어 내 버드나무 가지에 꿰었다. 눈 깜짝할 사이 버드나무 가지에 물고기가 다섯 마리나 꿰어졌다. 마다페이가 버드나무 가지를 허리띠에 묶으며 나를 향해 자꾸만 칭얼거렸다.

"나도 좀 거둘게."

얼마나 거두어들였을까, 마다페이가 갑자기 주저하듯 주위를 돌아보았다.

"마다페이, 이제 그만할까?"

"계속해야지."

마다페이는 단호하게 말하며 내 손에서 줄낚시를 빼앗았다.

이제는 마다페이가 낚시 고리를 거두고 내가 물고기를 떼어 내 나뭇가지에 꿰었다.

물고기가 우리의 마음을 온통 빼앗아 버렸기 때문에 우리는 쉽게 줄낚시를 내려놓을 수가 없었다. 우리가 지금 할 수 있는 것은 쉴 새 없이 물고기를 거두어들이는 것뿐이었다. 마다페이는 무슨 일을 하든 대담했고, 행동이 거칠었다. 마다페이는 밧줄을 던지듯 줄낚시를 던졌고, 몸으로 첨벙첨벙 물을 쳐 내면서 입으로는 흥분에 들떠 쉴 새 없이 욕을 해 댔다. 등이 까만 물고기나 황금빛 물고

기, 펄떡거리는 작은 생명들이 너무나 경이로워 우리는 모든 걸 까맣게 잊고 있었다. 어느 어부가 물고기를 잡기 위해 그 줄낚시를 설치해 놓았다는 사실과 우리가 거두어서는 안 된다는 걸 생각조차 하지 못하고 있었다. 이 줄낚시가 어느 어부에게는 유일한 생계 수단이라는 사실을 잊은 채 우리는 아무 생각 없이 그저 줄을 마구 끌어당겼다. 줄낚시는 결국 엉망이 되고 말았다. 우리는 줄낚시가 엉망으로 망가지는 것에 대해서도 조금도 겁내지 않았다. 마다페이 이 망할 자식은 물고기가 몇 번이나 수초 사이로 줄을 끌고 들어가 꼼작도 못하게 되자 줄낚시를 거칠게 팔꿈치 위로 휘감고 세게 잡아당겼다. 수초를 잡아당긴 것이 아니라 물고기를 잡아당기거나 아예 줄을 잡아당기다 끊어 버렸다. 줄이 끊어지면 우리는 앞쪽으로 몇 미터 헤엄쳐 가서 아예 물속으로 풍덩 들어가 물고기를 찾았고, 그런 다음 계속해서 앞쪽의 물고기를 거두어들였다.

우리는 그렇게 물고기를 거두며 강 끝까지 갔다.

물고기에 미쳐 있던 마다페이가 갑자기 우뚝 서면서 말했다.

"우리 그만하고 돌아가야 하지 않을까?"

"그래, 돌아가자."

마다페이는 줄낚시를 던져 버렸다. 우리는 다투듯 강가로 헤엄쳐 갔다. 우리는 세 꿰미의 물고기를 거두었다. 강가까지 헤엄쳐 가는 동안 물고기를 몇 마리나 잡을까 하는 것에는 관심조차 없었다는 걸 갑자기 깨달았다. 물고기 거두는 과정 자체를 즐기고 있었던 것이다. 우리는 물고기 두 꿰미는 버리고 한 꿰미만 들고서 강기슭으로 올라갔다.

강기슭으로 올라간 우리는 약속이나 한 것처럼 죽은 듯 잠든 강물을 한 번 뒤돌아본 뒤 강가에서 도망치듯 뛰어갔다.

2

작은 숲에 도착한 뒤 우리는 불붙일 나뭇가지를 모아 물고기 한 꿰미를 구웠다. 그런데 별다른 맛을 느끼지도 못하고 서둘러 먹은 뒤 자리를 떴다.

우리는 둘 다 기숙사에서 생활했다. 교실에서 저녁 자습을 하고 있는데 책 내용이나 숙제가 눈에 들어오지 않았다. 나는 자습 시간이 끝난 뒤 화장실에 간다고 말하고 나도 모르게 강가로 걸어갔다.

멀리 보니 강 한가운데 꽂힌 대나무 삿대에 작은 배가 묶여 있고, 배의 덮개 위에 매달린 등불이 밤바람에 흔들리고 있었다.

그것은 고깃배였다.

나는 길옆으로 비켜서서 멀구슬나무 그늘 아래에 쪼그리고 앉아 배 위의 동정을 자세히 살폈다.

배 위에는 웃통을 벗은 노인 한 사람이 앉아 있었다. 노인은 꼼짝도 하지 않고 앉아서 비스듬히 고개를 젖히고 하늘을 바라보고 있었다. 노인의 머리 위로 파란 하늘이 펼쳐져 있고, 삭막해 보이는 고깃배가 강바람에 물 위에서 출렁거렸다. 등불에 비친 노인의 길게 늘어진 그림자가 강 양쪽 기슭에서 어른거리고 있었다.

강물 위로 물안개가 서서히 덮이자 대나무 삿대 위의 등불이 뿌옇게 보였다.

갈대숲에서 들려오는 베짱이의 길게 늘어지는 울음소리가 적막한 여름밤에 처량하게 들렸다. 숲 속에서 논밭에서 연보랏빛 반딧불이 유령처럼 깜박거렸다. 끝없는 어둠과 적막 속에 작은 배가, 등불이, 노인이 혼령처럼 고요히 흔들리고 있었다.

노인이 기침을 했다. 쉰 듯 마른 기침소리가 노쇠하고 기운 없게 들렸다. 심해지는 기침 탓에 오장육부를 다 토해 내듯 노인의 몸이 격렬하게 흔들렸다. 기침으로 흔들리는 몸 때문에 노인의 그림자가 등불 빛 아래서 출렁거렸다. 한참 만에 노인은 기침을 서서히 멈추었다. 잠시 뒤 노인이 깊은 탄식을 했다. 그 탄식 소리에 나는 숲에서 불어온 찬 바람을 맞은 듯 부르르 떨었다.

누군가가 내 뒤로 다가와 서는 느낌이 들어 뒤돌아보았더니 마다페이였다. 우리는 나무 그늘 아래에 앉은 채 서로 아무 말도 하지 않았다.

다음 날 아침에 나는 또 강가로 갔다. 고깃배가 여전히 강 한가운데 꽂힌 대나무 삿대에 묶여 있었다. 등불은 꺼져 있었지만 노인은 배 위에 그대로 앉아 있었고, 다른 것이 있다면 노인의 몸 위로 옷이 하나 걸쳐져 있었다.

태양이 물굽이 쪽에서 떠오르자 배 위에 있는 노인의 모습이 분명하게 보였다. 노인은 상당히 늙고 힘없어 보였다. 광대뼈가 툭 튀어나오고, 두 눈이 움푹 꺼지고, 입은 여위어 홀쭉하게 들어가고, 가는 목에는 굵은 핏줄이 불거져 보였다. 노인의 눈빛은 노쇠한 몸보다 더 지쳐 보였다.

배 위에는 엉망으로 엉키고 끊긴 줄낚시와 줄낚시를 담는 낡은 바구니가 텅 빈 채 덩그러니 놓여 있었다.

노인이 고개를 돌려 나를 바라보았다.

내가 몸을 돌려 몇 발자국 떼는데 노인이 부르는 소리가 들렸다.

"애야!"

나는 그 자리에 우뚝 서서 뒤돌아보았다.

"내 줄낚시를 누가 거두어 갔는지 봤니?"

나는 고개를 저으며 걸음을 재촉했다.

그날 나는 하루 종일 강가 근처에 얼씬도 하지 않았다.

3

어디서 왔는지 알 수 없는, 사투리가 심한 늙은 어부는 계속 배를 강 한가운데 세워 놓은 채 그곳을 지키고 있었다.

마다페이는 노인이 배를 갈대숲으로 끌고 가는 것을 보고 내게 뛰어와 말했다.

"할아버지가 줄낚시 거둔 사람을 잡으려는 것 같아."

나는 강 쪽을 바라보면서 말했다.

"어디 가서 줄낚시 거둔 사람을 잡겠다는 거지?"

그런데 바로 그날, 노인은 마침내 물고기를 훔치고 낚싯줄까지 망가뜨린 사람을 잡기 시작했다.

그때 나는 마침 강가에 있다가 노인을 보았는데, 노인의 표정이 마치 굶주린 늙은 표범 같아 보였다. 노인은 강기슭 버드나무 숲에서 솟구치듯 작은 배로 뛰어들어, 강기슭에 삿대를 쿡 짚으며 휘익하고 갈대숲을 빠져나갔다. 그러고는 어찌 된 영문인 줄도 모르고 줄낚시에서 물고기를 거두는 데 열중인 사람을 향해 돌진했다. 줄낚시는 다름 아닌 우리가 망가뜨린 바로 그 줄낚시였다. 노인은 줄낚시를 일부러 물속에 담가 두었던 것이다. 노인의 동작이 얼마나 날랜지 그저 놀라울 뿐이었다.

줄낚시를 거두던 사람은 갑자기 배에 부딪혀 비명을 질렀다. 그리고 이를 앙다문 채 일그러진 얼굴을 돌렸다. 나는 그 남자가 누군지 한눈에 알아봤다. 우리 읍에 사는 다야즈였다.

다야즈는 노인이 상대하기에 버거운 건장한 사내였다. 그러나 노인은 삿대를 배 위에 던지고 허리를 굽혀 다야즈의 한쪽 팔을 꽉 붙잡았다. 다야즈는 애써 벗어나려고도 하지 않고 말했다.

"어디서 나타난 영감탱이야? 좋은 말 할 때, 어서 이 손 놓으시지."

노인은 놔주지 않았다.

다야즈는 노인에게 삿대질하며 소리를 질렀다.

"이거 안 놔?"

노인은 오히려 잡은 손에 힘을 더 꽉 쥐었다.

다야즈가 잡히지 않은 손으로 노인의 가슴을 밀어 버리자 노인은 배 위로 벌렁 나자빠졌다. 다야즈는 두 손으로 뱃전을 잡고 얼른 일어나지도 못하는 노인을 바라보았다.

"어이구, 영감탱이야."

노인이 다야즈를 손가락질하며 소리쳤다.

"이 녀석! 네 녀석이 내 줄낚시를 훔쳤지?"

"줄낚시를 훔쳤다고? 당신 어디 사람이야? 어디서 와서 우리 강물에 뭐? 줄낚시를 펼쳐 놔?"

다야즈는 그 말을 하면서 방금 전에 떨어뜨린 줄낚시를 발로 끌어 올리며 앞쪽으로 걸어갔다.

노인이 배에서 일어서며 두 손을 뻗어 다야즈의 머리카락을 움켜쥐었다. 머리카락을 잡히자 다야즈는 쉽게 벗어나지 못하고 "아이고, 아야!" 하며 비명을 질러 댔다. 노인이 소리치기 시작했다.

"내 줄낚시 내놔, 내 줄낚시 내놔……."

누가 이 소식을 전했는지 우차오 읍 중학교 학생들이 어느새 강가로 달려 나와 이 장면을 구경하느라 시끌벅적했다.

다야즈는 노인의 손에 잡힌 채 꼼짝 못하게 되자 화가 치밀어, 강기슭에 서서 구경하는 학생들에게 욕설을 퍼부었다. 학생들은 머리카락을 잡힌 채 고개를 돌리는 다야즈의 모습이 익살스러워 깔깔대기 시작했다. 다야즈는 수많은 구경꾼 앞에서 겁이 나서 벌벌 떠는 꼴을 보이고 싶지 않아 발버둥을 쳤다. 그러나 노인은 죽을힘을 다해 다야즈의 머리카락을 꽉 쥔 채 놓아주지 않았다. 노인은 다야즈가 자기의 생명선을 끊어 버린 것이라고 생각했다. 다야즈는 노인이 수십 년 동안 잡아 온 물고기 중에 가장 거대한 물고기인 셈이었다. 작은 배가 이리저리 밀쳐지며 흔들리고 있었지만 노인의 독수리 같은 손은 좀처럼 펴질 줄을 몰랐다. 다야즈는 아무래도 벗어나지 못하자 고개를 옆으로 돌리고 강기슭의 학생들에게 욕을 했다. 학생들이 또 웃음을 터뜨렸다. 다야즈가 나를 알아보고 나를 가리키며 소리 질렀다.

"주환, 너 죽었어. 너 지금 웃었지?"

웃음소리가 갑자기 잦아들었다. 그때까지 웃고 있던 아이들이 서로의 얼굴을 쳐다보면서 얼른 웃음을 거두고 무리 속으로 숨어들었다. 아이들은 문득 자기들이 깔깔거리고 놀린 사람이 다야즈였다는 사실을 깨달았다. 다야즈는 절대로 웃음거리가 되면 안 되는 인물이었던 것이다.

다야즈는 공부를 하지 않은 무식쟁이로, 빈둥거리며 사는 우차오 읍의 망나니다. 다야즈에게는 형이 셋 있는데 하나같이 포악하기 이를 데 없었다. 우차오 읍 사람들은 다야즈 형제들을 절대 건드리지 않았다. 혹여 그들 형제 가운데 한 명의 심기라도 건드리는 날에는 네 형제를 모두 건드린 것과 같았다. 만약 그 형제들을 욕

보였다가는 편히 살겠다는 생각은 애초에 버려야 하는 것이다. 그리고 지금 이 순간에 우차오 읍에서 나를 위해 나서서 바른말을 할 수 있는 사람은 아무도 없으며, 오히려 이 기회에 누군가 톡 튀어나와 다야즈 형제들에게 잘 보이려고 들 것이다. 그런 의미에서 보면 누군가 다야즈 형제에게 밉보인다는 것은 우차오 읍 사람 전체에게 밉보이는 것과 다를 바 없었다.

다야즈가 조용해진 우리를 향해 말했다.

"어라? 왜 안 웃는 거지? 웃어! 웃으라니까!"

그때 노인이 큰 숨을 내뱉었다. 한참 동안 다야즈를 잡고 있느라 노쇠한 몸에 남아 있던 온 힘을 다 써 버린 것이다.

다야즈는 두 눈을 감고 강 위에 떠 있는 커다란 죽은 물고기처럼 가만히 있었다. 그러다가 노인의 힘이 다 빠져 손아귀의 힘이 약해졌을 때 주먹을 들어 노인의 얼굴을 때리며 순식간에 노인에게서 벗어났다. 다야즈는 2미터 정도 헤엄쳐 가더니 도망치지 않고 고개를 돌려 노인을 노려봤다. 노인의 복수에 대항해 다야즈는 가장 저속한 말로 노인을 우롱했다.

땡볕이 쨍쨍한 가운데 노인이 초라한 고깃배에서 일어섰다. 노인은 부들부들 떨고 있었다. 노인의 배가 떨리고 배 주위의 물결마저 떨리고 있었다.

다야즈가 소리쳤다.

"어서 덤벼, 어서 덤비라고!"

노인은 그 자리에 선 채 움직이지 않았다.

다야즈는 물을 몇 모금 마시고 말했다.

"그래, 내가 바로 네 놈의 줄낚시를 거두었어. 물고기를 한 마리씩 떼어 내고, 그 줄낚시도 망가뜨리고, 아주 아작을 냈지!"

그렇게 말하면서 다야즈는 줄낚시를 잡고 물고기를 떼어 내며 줄낚시를 망가뜨리는 시늉을 했다.

노인은 대나무 삿대를 집어 들고 다야즈를 향해 배를 저어 갔다.

다야즈가 노인을 향해 비웃음을 지어 보이더니 그대로 물속으로 자맥질을 해 버렸다.

노인이 물 위에서 다야즈를 찾았지만 다야즈는 노인의 등 뒤 물속에서 쑥 올라왔다.

"어이, 눈먼 영감탱이! 나 여기 있다."

노인이 몸을 돌려 배를 저으며 다시 쫓아갔다.

다야즈는 또 자맥질을 하며 물속으로 숨어 버렸다. 다야즈는 재미있다는 듯이 노인과 물속에서 숨바꼭질을 하면서 때때로 우리를 향해 웃기까지 했다.

이렇게 많은 관중이 지켜보는 가운데 기분 좋은, 즐거움 가득한 공연이라도 펼치고 있는 듯이 보였다.

이제 기운이 다 빠진 노인은 더 이상 다야즈를 쫓아갈 수 없는지 힘없이 삿대를 내려놓고 배 위에 앉아 버렸다.

다야즈는 잠시 실망하더니 놀이를 끝내려고 했다. 그러나 체면없이 이렇게 허무하게 끝낼 수는 없었다. 다야즈가 소리쳤다.

"영감탱이, 여기 좀 봐!"

다야즈가 힘껏 발을 차더니 공중으로 솟구쳐 올라 머리를 물속으로 처박으며 거꾸로 섰다. 그제야 우리는 다야즈가 홀딱 벗고 있다는 것을 알았다.

여학생들이 비명을 지르며 도망쳤다. 물 위로 반쯤 걸쳐진 다야즈의 새하얀 엉덩이가 우리들 눈앞에 훤히 드러났다. 강기슭에 선 아이들은 모두 정신 나간 듯 푸른 물 위에 활짝 핀 하얀 엉덩이를 보았다. 다야즈는 몸을 다시 바로 했다.

"영감탱이, 어서 영감탱이가 살던 곳으로 돌아가시지. 어서 꺼지라고."

다야즈는 말을 마치고 또다시 거꾸로 처박히며 엉덩이를 물 위로 둥둥 띄워 보였다. 그리고 이번에는 두 손으로 엉덩이까지 툭툭 쳐 보였다.

두 손으로 엉덩이를 치는 동작은 우리 고장에서는 사람을 멸시하고 모욕을 주는 행위였다.

다야즈가 잠시 보이지 않는가 싶었는데 조금 뒤, 갈대숲에서 머리를 쑥 내밀더니 바지를 주워 입고 만족한 표정을 지으며 마을로 돌아갔다.

　노인은 배 위에 앉은 채 꼼작도 하지 않았다. 바람이 불자 배가 우리 쪽으로 밀려왔다.

　"저놈 이름이 뭐냐?"

　노인이 물었다.

　누군가가 대답했다.

　"다야즈예요."

　"집이 어디지?"

　"우리 마을에 살아요."

　노인은 고개를 끄덕이며 그대로 앉아서 바람 부는 대로, 배가 떠가는 대로 몸을 맡기고 있었다.

4

　노인이 다야즈의 집으로 찾아갔다. 노인은 다야즈 집에 줄낚시 값을 변상하라고 요구하고, 다야즈에게는 무례에 대한 사과도 요구했다. 네 형제는 그 말을 듣고 코웃음을 쳤다.

　"당신 뭐 잘못 먹은 거 아니야? 당신 어디 사람이야?"

"우리 읍까지 와서 한번 해 보자 이거지."

"우리가 얼마나 대단한지 소문을 들었으면 어서 꺼져. 두들겨 맞기 전에."

노인이 집 안으로 들어가 방 한가운데 드러누웠다.

"아니, 이런 영감탱이 새끼!"

"이 막돼먹은 늙은 놈을 어서 끌어내."

큰형이 말했다.

형제들이 달려들어 노인에게 가벼운 발길질을 했다.

노인은 일어나지 않았다.

형제들이 문짝 하나를 뜯어내서 노인을 그 위에 올려놓고 밖으로 들고 나왔다.

지나가던 사람들이 모여들어 구경했다.

큰형이 말했다.

"어디서 굴러들어 온 골칫덩이 영감탱이가 먹을 게 없어서 미쳤나, 빌어먹으려거든 다른 데나 갈 것이지 어디 우리 집에 와서 행패야?"

노인은 문짝 위에서 발버둥을 치며 내려와 다시 다야즈네 집 안으로 들어갔다. 노인도 이번에는 정말로 잔뜩 화가 났다. 이번에는 바닥에 눕는 것이 아니라 손에 닿는 대로 다야즈네 집 안의 물건들을 때려 부수었다.

"정말 못 봐주겠네, 어서 달려들어 두들겨 패!"

큰형이 말했다.

형제들이 달려들어 노인을 향해 발길질을 심하게 해 댔다.

노인은 또다시 집 안 한가운데 드러누웠다. 이제 노인도 힘이 다 빠졌다.

"끌어내!"

큰형이 말했다.

노인이 또다시 끌려 나왔다. 그러나 이번에는 발버둥을 치지 않았다.

네 형제가 노인을 들고 나오자 마치 큰 구경이라도 난 것처럼 많은 사람들이 그 뒤를 따랐다.

나는 사람들을 밀치고 죽은 듯 문짝 위에 누운 노인을 조용히 바라보다가 얼른 사람들 뒤로 몸을 빼고 그 자리에 선 채 꼼짝하지 못했다.

이틀 뒤, 한 아이가 강가에 나갔다가 교실로 돌아오면서 말했다.

"그 노인의 고깃배가 가라앉았어."

나와 마다페이는 강가로 달려가 고깃배가 완전히 물에 잠긴 것을 보았다. 배 위에서 쓰던 바가지와 의자, 목침 같은 물건들이 물난리라도 당한 듯 물 위를 둥둥 떠다녔다.

노인이 얼빠진 눈으로 건너편 강기슭에 앉아 있었다.

다야즈가 배에 구멍을 뚫어 놓았던 것이다. 다야즈는 화가 나서 소리쳤다.

"저 영감탱이가 대대로 내려온, 값을 매길 수도 없이 소중한 가보 화병을 깨 버렸어."

노인이 건너편 강기슭에 앉아 있을 때 나와 마다페이는 이쪽 강기슭에서 고개를 푹 숙인 채 한참을 앉아 있었다.

보랏빛 왕잠자리 한 마리가 물속에 거꾸로 떠 있는 걸상 다리에 꼬리를 곧추세우고 앉았다. 걸상의 몰골이 처참해 보였다. 물에 빠져 죽은 돼지처럼 네 다리를 하늘로 향하고 있었다.

노인이 갑자기 소리내어 울었다. 그 소리는 나지막했지만 듣기 괴로웠다.

우리는 힘차게 물속으로 걸어 들어가 물에 둥둥 떠다니는 물건들을 하나씩 건져 냈다.

노인이 분명하지 않은 발음으로 말했다.

"너희들, 마음이 곱구나. 부처님이 보살피실 거야, 부처님이 보살피실 거야……."

우리는 노인의 가라앉은 배를 강기슭으로 끌어냈다.

마다페이가 말했다.

"할아버지, 배를 고쳐서 얼른 떠나세요."

노인이 고개를 가로저었다.

"그놈들이 내 줄낚시를 망가뜨렸어. 그러고도 모자라 내게 모욕을 줬지. 난 안 가, 안 간다……."

교실로 돌아와 수업을 하는 동안 나는 마다페이가 눈을 동그랗게 뜨고 칠판을 뚫어져라 쳐다보고 있는 모습을 보았다. 그러나 녀석은 손가락으로 끊임없이 책상을 이리저리 후벼 파고 있었다. 깊

이 패인 자국을 보면서 그 자국이 녀석의 마음과 같다고 생각했다. 나는 창밖을 바라보고 있었지만 사실 아무것도 눈에 들어오지 않고 오직 그 노인 생각만 났다. 선생님이 갑자기 소리를 질렀다.

"주환!"

나는 깜짝 놀라 벌떡 일어났다. 선생님이 물었다.

"너 뭘 보고 있는 거야?"

나는 대답했다.

"나무 위에 토끼가 있어요."

반 아이들이 한꺼번에 웃음을 터뜨렸다.

노인은 정말로 떠나지 않았다. 노인은 두 번 다시 줄낚시를 풀어 놓지 않았다. 노인의 줄낚시는 우리 손에 엉망진창으로 망가졌고, 노인은 새 줄낚시를 살 여력이 없었다.

노인은 매일 웃통을 벗은 채 광주리를 메고 연못과 도랑에서 물고기를 잡아 읍내로 내다 팔며 생계를 이어 가고 있었다. 직업 어부였던 노인이 맨손으로 물고기를 잡아 파는 시골 사람이 된 것이다. 이런 상황 자체가 노인에게는 모욕이었다. 그러나 노인은 인내심을 가지고 평상심을 유지하려고 애쓰며 이 모든 일들을 해 나가고 있었다. 노인은 묵묵히 일하며 낯선 우차오 읍에서 뭔가를 얻어 가려고 했다.

예전에는 줄낚시를 풀어 놓을 때면 물길을 따라가며 물 위의 풍경과, 바구니의 줄낚시와, 율동적인 동작까지 즐겼다. 지나치는 경치를 구경하면서 희망과 기쁨을 물길에 뿌렸고, 돌아오는 길에는 줄낚시를 거두며 줄줄이 꿰인 물고기를 보고 자신의 직업에 매료되어 한껏 만족했다. 그런데 지금 노인은 참담하게 손으로 물고기를 잡고 있는, 진흙투성이가 된 자신의 모습을 보며 무척이나 난감할 따름이었다. 나와 마다페이는 우차오 읍내에 나타난 노인을 여러 차례 보았는데, 그때마다 우리는 쥐구멍에라도 숨고 싶은 심정이었다. 물고기를 잡거나 배 위에서 잠자는 시간 외에 노인은 거의 모든 시간 동안 읍 위원회 대문 앞에서 조용히 시위했다. 노인은 웃통을 벗은 채로 꼼작도 하지 않고 표정도 없이 묵묵히 앉아 있었다. 처음에는 사람들이 노인을 둘러싸고 구경도 하며 몇 마디 묻기도 했지만 나중에는 아무도 흥미를 갖지 않았다. 노인 혼자 위원회 대문 앞에 앉아 있는 모습은 마치 문 앞에 세워 둔 사자상처럼 관심을 끌지 못했다. 그사이 누군가 노인을 향해 도리에 맞는 말을 하기도 했지만, 노인은 그들의 말투를 듣고 자신을 놀리거나 비웃는다는 걸 알았다. 노인은 그들에게 눈을 흘길 뿐 들은 체도 하지 않고 여전히 읍 위원회 문 앞에 부동자세로 앉아 있었다. 노인은 혈혈단신으로 다야즈 집안과 투쟁을 하고, 자기만의 방식으로 우차오 읍 전체와 투쟁을 벌이고 있었다.

거들떠보는 사람도 없는 가운데 노인은 하루하루 쇠약해지며 늙어 가고 있었다.

여름이 가고 가을이 가고 겨울이 닥쳐왔다. 우차오 읍 사람들은 갑자기 노인이 며칠째 읍내에 나타나지 않았다는 사실을 깨달았다.

"노인이 떠났나 봐."

누군가가 말했다.

그러자 어떤 사람들은 우리 읍 사람들이 정의롭지 못하구나 하고 생각하기도 했지만, 그 생각은 그다지 깊게 머물지 못하고 어느새 잊히고 말았다. 사실 노인은 떠난 것이 아니라 병이 난 것이었다. 노인은 희망 없이, 그러나 인내심을 가지고 배에 누워 있었다. 나와 마다페이가 노인을 자주 찾아갔다. 우리는 뚝배기에 죽을 끓여 절인 오리알 반찬과 함께 가지고 갔다. 그 모든 것을 준비하는 동안 우리는 아무 말 없이 묵묵히 일했다. 노인의 말은 지극히 간단했다. 예전에 했던 말을 반복할 뿐이었다.

"부처님이 보살피실 거야, 부처님이 보살피실 거야……."

5

날이 점점 추워졌다. 노인은 찬물 속에서 물고기를 잘 잡을 수 없었다. 그러나 노인은 여전히 떠날 생각을 하지 않았다. 오히려 여기저기 다니면서 막대기며 갈댓잎 같은 것들을 주워 모았다.

노인이 말했다.

"배 위에서 겨울을 나기에는 너무 추워. 강기슭에 천막을 하나 만들어야겠다."

"할아버지, 아무래도 떠나시는 게 좋을 것 같아요."

내가 말했다.

노인은 고개를 저었다. 힘이 없어서 좌우로 젓고 있는 고개를 제대로 멈추어 서게 할 수조차 없을 것만 같았다. 헐렁해진 옷이 늦가을 바람에 쉴 새 없이 펄럭였다.

우리는 말없이 노인을 바라보았다.

그날 저녁 우차오 읍 중학교 학생들은 강가에서 들려오는 노랫소리를 들었다. 씻어 놓은 듯 파란 하늘에 날씨가 굉장히 좋은 날, 둥근 달이 하늘에 멋지게 걸렸다. 밤길을 재촉하는 기러기들의 모습이 대낮처럼 분명하게 보였다. 노인은 제법 박자에 맞추어 노래를 부르고 있었다. 그러나 그건 고독한 사람의 노랫소리였고, 방랑자의 노래였으며, 세상천지에 슬프고 처량한 기분을 전하는 노랫소리였다.

앙상한 회색 그림자를 바라보며 나와 마다페이는 소리 없이 울기 시작했다.

다음 날 나와 마다페이는 학교에 허락을 받고 하루 시간을 내서 집으로 돌아갔다.

마다페이는 자기가 키우던 비둘기들을 한 마리도 남기지 않고 새장에 넣어 시장에 내다 팔기로 했다. 나는 마다페이가 비둘기 놀이를 얼마나 좋아하는지 잘 알고 있었다. 마다페이는 비둘기 놀이를 했다 하면 정신없이 빠져들었고, 비둘기만 보면 걸음을 떼지 못했다. 마다페이는 비둘기가 날고, 먹이를 먹고, 알을 낳고 하는 모

든 모습과 동작들을 눈에 선하게 기억했으며, 다른 사람은 알 수 없는 것들을 몸으로 느끼고 있었다. 그런데 그런 마다페이가 백번 쳐다보아도 예쁘기만 한 비둘기를 몽땅 들고, 우차오 읍 시장으로 가서 지나가는 사람들을 향해 외쳤다.

"비둘기 사세요! 비둘기 사세요!"

마다페이와 몇 미터 떨어진 곳에서 나는 옛날 무사처럼 칼을 내놓고 서 있었다. 그 칼은 오래된 무덤을 파며 놀다가 우연히 얻은 것이다. 만약 그 칼을 지금까지 간직하고 있다면 분명 값으로 헤아릴 수 없을 만큼 가치 있는 물건일 것이다. 그 당시에도 난 그 칼이

진귀한 물건이라는 것쯤은 알고 있었다. 나는 그 칼을 좋아했고 늘 내 침대 머리맡에 놓아두었다. 내가 그 칼에 대해 반 아이들 앞에서 허풍을 떤 것만도 셀 수 없다. 심지어 어느 왕조, 어느 황제 때 칼이라고 허풍을 떨기도 했다. 나는 천으로 칼을 반짝반짝 광을 내어 사람들에게 보여 주며 말했다.

"이 칼 사실래요? 오래된 검이에요."

마다페이의 비둘기는 한 마리씩 잘 팔려 나갔다. 마지막 두 마리가 남았을 때 마다페이는 아까운 듯 비둘기를 내려다보고, 또 나를

쳐다보았다. 그 눈빛이 다 팔아 버려야 할까를 묻고 있었다.

"두 마리는 팔지 마. 그걸 팔아 버리면 너에게 한 마리도 안 남잖아."

마다페이를 향해 내가 말했다.

그러나 마다페이는 그것들마저 팔아 버렸다.

내 칼에 대해서 나 자신도 잘 모르고 있었으니, 시골 사람들이 제대로 알아볼 리 없었다. 사람들의 눈에 그건 그냥 나무할 때 쓰는 칼에 지나지 않았다. 그러나 나는 마음속으로 가치 있는 물건이라는 확신을 갖고 있었다. 오후가 되자 읍 문화부 부장이 왔다. 그 사람이 칼을 들고 이리저리 들여다보더니 말했다.

"나도 이게 얼마나 하는 물건인지 잘 모르겠다. 이렇게 하자. 내가 이십 위안을 낼게. 이 칼을 박물관에 가지고 가서 물어보고 이십 위안이 나가지 않는 물건이라 해도 후회하지 않으마. 만약 박물관 사람이 이 칼이 돈 주고 살 수 없는 물건이라고 말한다 해도 너도 후회하기 없기다."

나는 한참 동안 칼을 들고 있다가 마지못해 손을 놓았다. 부장이 말했다.

"아까우면 네가 갖고 있지 그러니."

내가 말했다.

"아니에요, 팔겠어요."

마다페이는 비둘기를 팔아 15위안을 챙겼고, 나는 칼을 팔아 20위안을 만들었다. 둘의 돈을 합하니까 35위안이 되었다. 35위안이면 당시 물가로 쳐서 적은 돈이 아니었다. 우리는 35위안을 세고 또 세어 보았다. 그 돈이면 우리 죗값을 치를 수 있을 것 같았다. 그렇게 생각하자 무겁게 짓누르던 몇 개월간의 짐을 한순간에 털어 버린 느낌이었다.

황혼 무렵, 우리는 노인을 찾아갔다.

"할아버지, 이제 여기를 떠나세요."

내가 말했다.

노인은 여전히 고집스런 표정으로 고개를 저었다.

"다야즈가 할아버지 줄낚시를 망가뜨린 게 아니에요."

마다페이가 말했다.

노인이 놀라움과 의심의 눈초리로 우리를 바라보았다.

나는 35위안을 노인의 손에 쥐어 주었다.

"그날 줄낚시는요, 우리가 물고기를 거두어들이고 망가뜨린 거예요."

노인이 웃었다.

"너희 두 녀석, 마음씨가 너무 곱구나. 너희들 날 떠나게 하려고 그러지?"

"아니에요, 할아버지. 그 줄낚시는 우리가 거둔 거라니까요. 우리가 망가뜨렸어요."

우리는 그날의 일을 회상하며 자세하게 설명했다.

노인이 천천히 주저앉았다.

우리는 그 자리에 선 채 꼼작도 하지 못했다.

노인이 고개를 저었다.

"가거라. 내 물고기를 거두고 줄낚시마저 망가뜨린 사람이 공부하는 학생일 줄이야······."

노인은 고개를 돌리고 두 번 다시 우리를 쳐다보지 않았다.

우리는 노인의 곁을 떠나 학교로 돌아왔다.

다음 날, 교장 선생님이 우리를 불렀다. 교장 선생님 말로는 그 노인이 35위안을 우리에게 전해 주라며 남기고 갔다고 했다. 우리는 그길로 강가로 달려갔다. 그러나 강 위는 텅 비어 있었고, 노인과 배는 흔적도 없었다. 나와 마다페이는 강기슭에 앉아서 기다렸다. 아침부터 캄캄한 밤까지 기다렸지만 노인은 어디로 갔는지 나타나지 않았다.

물이 있는 곳이라면 노인은 살아갈 길이 있는 것이고, 집도 있는 것이겠지.

멍청한 닭

해마다 봄이면 암탉들은 알을 부화하고 싶은 욕망에 몸부림친다. 그럴 때면 암탉들은 거의 먹지도 마시지도 않고 이리저리 달걀을 찾아다닌다. 그러다 달걀이 눈에 들어오기만 하면 "꼬꼬꼬" 기뻐하면서 달걀 주위를 몇 바퀴 돈 뒤, 풍성한 날개를 활짝 펴서 달걀을 감싸고 살그머니 앉아 가슴으로 따뜻하게 품는다. 그러나 수많은 농가의 주인들은 알을 부화시키고 싶은 생각이 없기 때문에 암탉들의 그런 행동을 좋아하지 않는다. 더구나 봄은 암탉들이 알을 많이 낳아야 하는 계절인데, 암탉들이 알을 부화하기 시작하면 멍청해진다. 멍청해지면 모이 먹는 것도 잠자는 것도 잊기 때문에 결국 알을 낳지 못하게 되는 것이다. 그 때문에 주인들은 화가 나서 온갖 수단과 방법을 동원해 알을 부화하려는 암탉의 욕망을 깨버리려고 한다.

그런 행위를 '닭을 깨운다'고 한다.

십여 년 전 우리 집에서 키우던 까만 암탉을 난 지금도 잊을 수가 없다.

어느 해 봄, 우리 집의 까만 암탉도 알을 부화하고 싶어 했다. 까만 암탉의 생각을 맨 처음 눈치 챈 사람은 엄마였다. 모이를 주어도 마음이 온통 다른 곳에 가 있는 듯 몇 알 주워 먹은 뒤 혼자 뚝 떨어져 있는 것을 보고 엄마가 말했다.

"저 암탉이 알을 부화하고 싶은가 보구나."

우리들은 그 말에 기뻐서 깡충깡충 뛰었다.

"와, 병아리를 깐다, 병아리를 깐다."

그러자 엄마가 버럭 소리쳤다.

"안 돼. 이모네 집에 알을 부화하는 암탉이 이미 있으니까, 까만 암탉은 알을 낳아야 해. 더구나 저 녀석이 알을 가장 잘 낳는단 말이야."

나는 엄마의 눈빛을 보면서 엄마는 까만 암탉이 올봄에 몇 개나 알을 낳을지 이미 계산해 놓았으며, 그 돈으로 소금이나 기름, 간

장, 식초 같은 것을 살 계획까지 세워 두었다는 것을 알 수 있었다. 엄마는 까만 암탉을 지켜보면서 딱한 표정을 지었다. 그러나 결국은 "절대로 알을 부화하게 놔두어서는 안 돼."라고 못을 박았다.

　어느 날 엄마는 까만 암탉이 부화하려는 생각에 빠져 멍청해졌다는 것을 알아차렸다. 까만 암탉이 없어졌기 때문이다. 어디 있나 찾아보았더니 닭장 안, 미처 꺼내 오지 못한 알 위에 앉아 끙끙거리고 있었다. 엄마가 까만 암탉을 끄집어냈을 때, 까만 암탉이 품었던 알들은 벌써 따뜻해져 있었다.

엄마가 내 손에 대나무 장대를 쥐어 주었다.

"쟤 좀 쫓아다녀라. 크게 소리 질러서 놀라 깨어나게 해야 돼."

"알을 부화하게 그냥 놔두면 안 돼요?"

엄마가 고집스럽게 말했다.

"안 돼. 암탉이 알을 낳지 않으면 네가 쓸 먹물을 살 돈도 마련하지 못하게 되는 거야."

엄마의 생각을 바꿀 수 없는 것은 너무도 분명해 보였다. 나는 장대를 들고 까만 암탉을 뒤쫓아 뛰어다니며 소리쳤다.

"워―! 워―!"

집 앞에서 집 뒤로, 대나무 숲에서 채마밭으로, 그리고 길에서 밭으로 뛰어다녔다.

까만 암탉이 허겁지겁 꽁무니를 빼는 모습을 보고 있자니 닭을 쫓는 가운데서도 살짝 흥겨운 기분이 들었다. 내가 두 눈을 부릅뜨고 까만 암탉을 노려보면서 이리저리 내달리며 고래고래 소리를 지르자, 등굣길의 학생들과 논으로 일하러 나가던 농부들이 내 모습을 구경했다. 몇몇 여자아이들은 그 자리에 선 채로 소리만 지르더니 나중에는 막대 같은 것을 들고서 내가 하는 대로 까만 암탉을 쫓아다녔다.

까만 암탉은 뛰는 속도가 점점 느려지고 날개도 축 늘어지며 자꾸 넘어졌다. 하지만 내가 장대를 휘두르면 또다시 걸음아 날 살려라 하며 뛰었다.

마침내 나도 지쳐서 풀밭에 털썩 주저앉아 숨을 내쉬며 이마에 흐르는 땀을 닦았다.

까만 암탉은 숲 속으로 들어가 소리도 내지 않고 저녁때까지 꼭꼭 숨어 있다가 슬그머니 숲 속에서 나왔다.

그러나 그렇게 놀라게 했는데도 정신이 다 깨지 않은 것 같았다. 까만 암탉은 젖은 날개를 말리며 꼬꼬꼬 울면서 여전히 달걀을 찾아다녔다. 그러는 사이 홀쭉하게 말라 뼈만 앙상해져 갔다. 전에는 붉게 윤기가 흐르던 볏의 색깔이 옅어졌고, 칠흑 같던 깃털도 건조해지고 광택이 없어졌다. 날개를 말리는 모습을 보고 다른 닭들은 자기를 공격하려는 걸로 오해해서 그런지, 아니면 인간들처럼 웃기려고 그러는지 모르겠지만 어쨌든 까만 암탉의 뒤를 쫓거나, 아니면 까만 암탉을 쪼거나 했다. 그러나 까만 암탉은 반항할 생각도 못하고 그저 도망치기 바쁘거나, 구석에 움츠리고 있을 뿐이었다. 다른 닭들에게 쪼여 여기저기에 깃털이 떨어져 있었고 얼굴에는 피를 흘린 자국까지 나 있었다.

그런 모습을 볼 때마다 나는 자기가 뭘 잘못했는지도 모르는 까만 암탉에게 화를 냈다. 그리고 까만 암탉을 공격하는 못된 닭들을 장대로 때리며 쫓아냈다. 비틀거리는 가여운 까만 암탉이 몸을 잘 숨기도록 도와주기 위해서였다.

며칠 뒤에 이모네 집에서 막 부화한 병아리를 가져왔다.

까만 암탉은 병아리들이 삐악삐악하며 돌아다니자 얼른 목을 빼고 쏜살같이 달려 나왔다. 커다란 날개를 펴고 가볍게 뛰는 모습이 마치 날아가는 것 같았다. 병아리를 보자 까만 암탉은 사람이 옆에 있는 것도 아랑곳하지 않고 *꼬꼬꼬* 하며 어미 닭 노릇을 하려고 들었다. 그러나 병아리들은 까만 암탉을 보자 어린아이가 미친 사람 보고 놀란 것처럼 사방으로 도망쳤다. 까만 암탉이 "너희들 왜 도망가니?" 하고 말하는 소리가 들리는 듯했다. 까만 암탉은 사방으로 병아리를 쫓아다니다가 따라잡으면 커다란 날개로 병아리들을 품었다. 까만 암탉의 품 안에 갇힌 병아리들은 캄캄한 어둠 속에서 놀라 삐악거리며 암탉 품에서 벗어나 필사적으로 사람들

다리 밑으로 도망쳤다. 까만 암탉이 이리저리 쫓아다니자 병아리들이 여기 한 마리 저기 한 마리 흩어져 삐악거리며 울었다.

엄마가 말했다.

"얼른 까만 암탉을 쫓아내지 않고 뭐 하니!"

나는 장대를 들고 까만 암탉을 쫓아다니기 시작했다. 까만 암탉은 매를 맞으면서도 병아리를 품고 놔주지 않았다. 하지만 결국 매질을 견디지 못하고 병아리들을 풀어 준 뒤 대나무 숲 속으로 도망쳐 버렸다.

우리는 놀란 병아리들을 한 마리씩 찾아왔다. 병아리들을 모아 놓자 겁에 질린 듯 자기네들끼리 서로 꼭 붙어 있는 모습이 불쌍해 보였다.

대나무 숲 속에 숨은 까만 암탉은 계속 시끄럽게 울어 댔다. 가끔 모이를 먹을 때는 울지 않았는데, 그렇다고 제대로 먹는 것도 아니고 먹는 시늉만 하고 있었다. 까만 암탉의 눈에는 자기 주위에 병아리가 많이 모여 있는 것처럼 보이는 모양이었다. 병아리들에게 모이 주워 먹는 법을 가르치려는 듯 잠시 동안 모이를 주워 먹다가 행복한 듯 날개를 몇 번 흔들어 댔다.

잠시 뒤 결국 까만 암탉은 자기가 고독하게 혼자 있다는 사실을 깨닫고 깜짝 놀란 듯 대나무 숲에서 뛰어나와 여기저기 다니며 병아리들을 불러 댔다.

엄마한테 잡혀서 닭장으로 돌아온 병아리들은 까만 암탉이 부르는 소리를 듣고 한군데 모여 오들오들 떨었다.

엄마가 말했다.

"까만 암탉 녀석을 반드시 깨워 놔야 해. 그러지 않았다가는 병아리들이 편안히 지낼 수가 없겠구나."

엄마는 까만 암탉을 깨우기 위해 옆집의 마오토우를 불러왔다.

마오토우는 작은 깃발을 만들더니 씩 웃으며 까만 암탉을 잡아서 꼬리에 깃발을 묶었다. 까만 암탉은 마오토우의 손아귀에서 풀려나자 공중에 깃발을 펄럭이며 뛰어다녔다. 깃발 펄럭이는 소리가 꼬리에서 들려오자 까만 암탉은 공포에 질려 걸음아 나 살려라 하고 뛰어다녔다.

우리들은 모두 나와 그 모습을 구경했다. 까만 암탉은 이제 사람이 쫓아다닐 필요 없이 집 앞으로, 뒤로 쉬지 않고 달렸다. 그 익살맞은 모습에 옆집 꼬마들이 모두 나와서 좋아라 박수치며 팔짝거렸다.

까만 암탉이 짚가리 위로 날아 올라갔다. 그렇게 하면 깃발이 떨어져 나갈 거라고 생각했겠지만, 깃발은 여전히 꼬리에서 나부꼈다. 까만 암탉이 짚가리 위에서 아래를 향해 날자, 꼬리에 달린 깃발이 넓게 펼쳐지며 까만 암탉에게 날개가 하나 더 달린 것처럼 보였다.

그런데 깃발을 나부끼며 날뛰는 까만 암탉 때문에 다른 닭들도 놀라서 여기저기 날아다니고, 집 안에 있던 누렁이마저 멍멍 짖어 댔다. 이제 닭들과 개마저도 편안히 지내지 못하게 되고 만 것이다.

까만 암탉이 집 뒤 대나무 숲으로 숨어 들어갔다. 그러자 깃발이 대나무에 걸려 결국 꼬리에서 떨어져 나갔다. 까만 암탉은 길 위에 넘어져서 한동안 일어나지도 못하고 입을 쩍 벌린 채 숨을 헐떡거 렸다.

그런데 그렇게 놀라고도 까만 암탉은 제대로 깨어나지 못했다. 오히려 한바탕 소란이 끝난 뒤 멀쩡하던 다른 암탉들마저 알을 못 낳게 되고 말았다.

내가 말했다.

"까만 암탉을 팔아 버려요."

엄마가 말했다.

"누가 저렇게 뼈다귀만 앙상한 녀석을 산다니?"

이웃집 마오토우는 기꺼이 까만 암탉을 처리하고 싶어 했다. 마 오토우가 씩 웃으며 까만 암탉을 번쩍 안고 강가로 갔다. 그러고는 갑자기 몸을 한 바퀴 휙 돌리더니 까만 암탉을 강물에 던졌다. 까 만 암탉은 강물로 떨어져 잠시 물속에 잠기더니 수면 위로 올라와 목을 쭉 빼고 강가로 헤엄쳐 나왔다. 마오토우는 닭이 나올 곳으로 미리 가서 기다리고 있다가 까만 암탉이 나오자 다시 잡아서 더 멀리 집어 던졌다. 마오토우는 까만 암탉을 괴롭히는 재미에 빠져 싱글거리며 매번 강가로 나온 녀석을 강으로 집어 던졌다. 그러자 까만 암탉은 점점 힘이 빠져 이제는 제대로 헤엄치지도 못했다. 닭의 깃털은 오리 깃털과는 달라서 물이 묻으면 그대로 젖어 버린다. 까만 암탉은 몇 번 강물에 빠졌다가 헤엄쳐 나오면서 깃털이 모두 젖어 버리는 바람에, 비쩍 마른 몸이 납덩이처럼 물속으로 쑥 가라앉았다. 그런 몸으로 까만 암탉은 힘껏 날개를 치며 남은 힘을 다해 강가로 헤엄쳤다. 몇 번이나 물속에 가라앉을 것 같았는데, 매번 몸부림을 치듯 목을 길게 빼고 헤엄쳤다.

까만 암탉을 깨우려다 마오토우마저 온몸이 물에 젖고 말았다.

까만 암탉이 강가로 힘겹게 헤엄쳐 나오는 모습을 보면서 엄마가 마오토우를 말렸다.

어렵게 강기슭으로 올라온 까만 암탉은 더 이상 꼼짝도 못했다. 나는 녀석을 안고 돌아와 마른풀 위에 놓아 주었다. 녀석은 몸을 움츠린 채 햇빛을 받으며 오들오들 떨었다. 얼이 다 빠진 녀석의 눈 속이 텅 비어 있었다.

까만 암탉이 더 이상해졌다. 저녁이 되어도 녀석은 닭장으로 들어오지 않았다. 하는 수 없이 우리가 나서서 찾아 헤맨 끝에 겨우 잡아 오곤 했는데, 아침이 되어 닭장에 가 보면 또 혼자 도망쳐 짚가리 구멍 속으로 숨어들거나 버려진 상자 같은 곳에 숨어 버렸다.

녀석 때문에 집안사람들마저 마음이 뒤숭숭해졌다. 며칠 지나자 녀석이 괘씸한 짓까지 하기 시작했다. 병아리들이 닭장에서 나와 마당을 걷고 있으면 병아리들이 눈치채지 못한 사이 살며시 뛰어 나와 병아리를 쫓아다녔는데, 병아리를 쫓는 그 모습이 가관이었다. 자기가 마치 독수리라도 되는 양 무섭게 날개를 활짝 펴고 병아리를 공격해 병아리들이 비명을 지르며 이리저리 날뛰게 하는 것이었다.

엄마가 까만 암탉을 쫓아내며 말했다.

"이 녀석이 혼쭐이 나고 싶은 모양이구나!"

어느 날, 집 안에 아무도 없을 때였다. 까만 암탉은 자기가 예뻐해 주는데도 병아리가 자기를 알아주지 않고 도망치려 하자 병아리의 날개를 쪼아 버렸다.

엄마가 돌아와 보니 병아리의 날개에서 피가 흐르고 있었다. 엄마는 마음이 아파 마오토우를 다시 불렀다.

마오토우가 말했다.

"이번에 깨어나지 않으면, 정말로 깨울 수 없는 거예요."

마오토우는 까만 천을 가져와 까만 암탉의 두 눈을 가린 뒤 번쩍 들어 올려 녀석을 철사로 만든 빨랫줄에 세워 두었다.

까만 암탉은 빨랫줄 위에서 흔들거리며 제대로 서 있지 못했다. 그 순간의 공포는 미루어 짐작할 수 있다. 사람으로 치자면 어마어

마한 깊은 수렁에 빠진 것보다 더할 것이다. 사람이라면 그 깊이라도 볼 수 있지만 까만 암탉은 한낱 닭인 데다가 지금은 눈이 가려져 암흑 속에 있는 것이었다. 까만 암탉은 두 발로 줄을 꼭 쥔 채 날개를 펴고 평행을 유지하려고 안간힘을 썼다.

바람이 불어와 빨랫줄에서 윙윙 소리가 났다. 까만 암탉이 줄 위에서 휘청거리기 시작했다. 까만 암탉은 발가락으로 줄을 꽉 잡은 채, 가슴이 줄에 바짝 닿을 정도로 몸을 한껏 낮추고 두 날개를 펼쳐 균형을 잡았다. 그런 자세로 시간이 많이 흐르자 평행을 유지하는 것조차 힘들게 되었다. 까만 암탉은 몇 번이나 떨어질 뻔했지만 날갯짓하며 겨우겨우 줄 위에서 버티고 있었다.

나는 그 모습을 보다가 학교에 갔다.

수업 시간에 선생님 말씀은 제대로 들리지 않고, 흔들리는 철사 줄 위에서 휘청거리고 있는 까만 암탉만 눈앞에 오락가락했다. 학교가 끝나자마자 나는 서둘러서 집으로 달려왔다. 집에 도착하자마자 마당으로 달려가 보았더니 까만 암탉이 기적적으로 그때까지 줄 위에 그대로 서 있었다. 나는 얼른 까만 암탉을 꼭 끌어안고 눈을 가린 천을 풀어 준 뒤 땅 위에 내려놓았다. 까만 암탉은 중풍에 걸린 듯 땅에서 한 발자국도 떼지 못했다.

엄마는 쌀을 한 옴큼 집어서 까만 암탉의 주둥이 근처로 가져갔다. 까만 암탉은 쌀 몇 알을 먹더니 더 이상 먹지 않았다. 엄마가 물

반 그릇을 떠다 주었더니 목 타게 기다렸다는 듯이 주둥이를 쭉 빼서 물속에 처박고는 눈 깜작할 사이 물을 다 마셔 버렸다. 그러더니 천천히 일어나 비틀거리며 울타리 아래로 걸어갔다. 아마도 힘이 없는 것 같았다. 까만 암탉은 그렇게 울타리 밑에 쪼그리고 조용히 앉아 있었다.

엄마가 한숨을 내쉬었다.

"이번에는 깨어나겠지. 이번에도 깨어나지 않으면 더 이상 놀라게 하지 마라."

저녁 무렵 까만 암탉과 다른 암탉들이 모두 힘없이 뒤뚱거리며 닭장 속으로 들어갔다.

나는 엄마에게 말했다.

"정말로 깬 것 같아요."

엄마가 말했다.

"이제부터는 까만 암탉을 따로 떨어뜨려 놓아야겠다. 모이를 좀 가려 먹여야겠어."

그러나 이틀이 지나자 까만 암탉이 또 보이지 않았다. 집 주위를 소리치며 찾아다녀 보았지만 녀석을 찾을 수가 없었다. 우리는 녀석이 스스로 나타나기만을 기다릴 수밖에 없었다. 그러나 일주일이 지나도록 녀석은 그림자도 보이지 않았다.

나는 까만 암탉을 부르며 안 가 본 데 없이 다 찾으러 다녔다.

엄마가 말했다.

"아무래도 족제비한테 물려 간 모양이다."

나는 실망하고 말았다.

엄마도 굉장히 아쉬워했다.

"그러게 누가 그렇게 멍청해지래?"

처음 얼마 동안 나는 까만 암탉을 무척 그리워했다. 그러나 열흘쯤 지나자 차츰 잊혀졌다.

까만 암탉이 사라지고 한 달 정도 지난 어느 날, 엄마와 함께 채마밭에서 씨를 뿌리고 있는데 갑자기 대나무 숲 속에서 병아리 소리가 희미하게 들려왔다.

"뉘 집 병아리들이 우리 집 대나무 숲으로 왔담?"

엄마가 그렇게 말하는데도 나는 신경 쓰지 않았다. 그러나 조금 뒤에 '꼬꼬꼬' 하는 어미 닭 소리가 들려오자 나와 엄마는 약속이나 한 듯이 벌떡 일어났다.

"아니, 우리 집 까만 암탉 소리와 똑같잖아?"

우리가 그 소리를 따라갔을 때 눈앞에 펼쳐진 광경에 엄마와 나는 얼이 빠지고 말았다.

까만 암탉이 병아리들을 데리고 대나무 숲에서 나와 버드나무 아래로 걸어가고 있었다. 마침 점심 무렵이라 햇빛이 환하게 비치고 있고 산들산들 불어오는 바람에 버드나무 가지가 살랑살랑 춤추고 있었다. 병아리들은 벌써 꽤 자라 있었고 깃털에 색이 입혀지고 있었다. 하나같이 새하얀 병아리들을 보고 있으려니 마치 눈이 군데군데 소복이 쌓인 것 같았다. 병아리들은 까만 암탉 주위에서 즐거운 듯 먹이를 찾아 먹거나 장난치며 놀고 있었다. 그중 한 마리는 버드나무 가지가 산들산들 흔들리는 모습을 보고 펄쩍 뛰어서 그것을 물어 보려고 했지만, 물지는 못하고 그 자리에서 나동그라지며 둔하게 재주를 넘었다. 까만 암탉을 자세히 관찰해 보니 이제는 더 이상 멍청해 보이지 않고 듬직해 보였다. 벼슬도 어느새 선명하게 붉어졌고, 수북하게 많아진 털에 윤기가 흘렀다.

나는 울타리를 뛰어 넘어가 집 안에서 쌀을 한 움큼 집어 들고, 살금살금 다가가서 까만 암탉과 뽀얀 병아리들에게 뿌려 주었다. 예상과는 달리 병아리들은 사람을 두려워하지 않고 기분 좋게 쪼아 먹었다.

엄마가 궁금한 듯 말했다.

"까만 암탉이 어디서 저렇게 많은 알을 부화시킨 걸까?"

반년 뒤, 나와 엄마는 집에서 멀리 떨어진 동쪽의 강줄기 근처로 풀을 베러 갔다가 돌아오는 길에, 동네 아이들이 숨바꼭질할 때 자주 숨던 짚가리 구멍을 발견했다. 그곳에는 핏자국이 말라붙은 달걀 껍데기들이 흩어져 있었다. 나와 엄마는 그 달걀 껍데기를 보며 까만 암탉이 멍청해져 소란을 피우며 돌아다녔을 때 우리 집의 다른 암탉들이 놀라서 닭장으로 돌아가지 못하고, 여기까지 와서 알을 낳았을 거라고 추측했다. 그곳은 잡초가 높게 자라나 있어 사람들이 잘 가지 않는 곳이었다. 까만 암탉과 병아리들은 그곳에서 곡식의 씨앗과 벌레들을 먹으며 살았던 것 같다.

　까만 암탉은 밖으로 나온 뒤로 다시는 병아리들을 이끌고 그 적막한 짚가리 구멍으로 가지 않았다.

먼 산의 조각상

1

언제나처럼 할머니가 거칠고 깡마른 손을 호주머니 속 깊숙이 넣어 이리저리 더듬다가 동전들을 꺼내 손바닥 위에 올려놓았다. 그리고는 손녀의 가느다란 손목을 잡고 나긋한 손녀의 손바닥 위에 그 동전을 하나씩 놓아 주었다. 그리고 나서 고개를 숙여 동전들을 다시 한 번 들여다보며 확인한 뒤 손녀의 다섯 손가락을 꼭 쥐어 주었다.

"답답하면 나가 놀아라. 이 돈은 남기지 말고 다 써. 맛있는 게 보이면 사 먹으렴."

할머니는 그렇게 말하며 손녀의 노르스름한 작은 얼굴을 바라보았다. 그러고는 자꾸만 끄덕거리는 고개를 돌려 비틀거리며 냉동 리어카를 밀기 시작했다. 바퀴가 구를 때마다 기름이 떨어진 바퀴에서 끼익 끼익 하고 뻑뻑한 소리가 났다.

손녀는 할머니를 따라다니며 아이스크림을 팔면 외롭지 않을 거라고 생각했다. 할머니가 하듯 나무 막대를 꺼내 상자를 힘 있게 탕탕 치면서, 목소리를 가다듬어 "아이스케키, 맛있는 아이스케키!" 하고 외치면 얼마나 재미있을까? 그런데 할머니는 절대로 그것을 허락하지 않았기에, 소녀는 할 수 없이 혼자 집을 지켰다. 탁자 위의 화병, 벽 모퉁이에 서 있는 옷걸이, 천장에 매달린 전등……. 모든 것이 쓸쓸하게만 보였다. 소녀는 쓸쓸함으로 가득한 집이 견디기 힘들었다. 소녀는 초조하고 불안한 맘에 식은땀을 흘리다, 갑자기 눈을 동그랗게 뜨고 숨을 헐떡이면서 도망치듯 문밖을 향해 뛰쳐나갔다. 소란스러운 거리가 나오자 앞을 향해 걸으며 이리저리 두리번거렸다. 특별한 생각도 없이 할머니가 준 동전을 손에 쥐고 만지작거렸다. 동전 때가 묻어나 어느새 손이 새카매졌다.

어제나 오늘이나 똑같은 날들이다.

그러던 어느 날 소녀는 시내 외곽에 있는 강가까지 걸어갔다. 강가에는 녹색 주단을 깔아 놓은 듯 푸른 초원이 펼쳐져 있었다. 풀밭 위로 기다란 가문비나무 몇 그루가 평화롭고 고요하게 서 있었다. 그 옆에 오래된 은행나무도 있었다. 소녀는 은행나무 기둥에 기대어 호기심 어린 눈으로 앞쪽을 바라보았다. 그곳에 열여섯 살쯤 되어 보이는 외팔이 소년이 서 있었다. 연줄을 흔들며 앞으로 갔다 뒤로 갔다 이리저리 뛰어다니며 근사하게 생긴 연을 천천히 하늘로 날아 올리고 있었다. 소년은 침착하게 연줄을 풀며 고개를 들어 하늘 높이 날아오르는 연을 바라보았다. 화창한 봄날, 투명한 공기 속에 태양의 순수한 빛이 큰 강과 초원, 그리고 그 외팔이 소년을 내리비추고 있었다. 소년은 기분이 좋은지 한 손으로 연줄을 잡아당기다가 초원 위에 앉았다. 잠시 뒤, 소년은 초원 위에 한가로이 누워 풀잎을 입에 물고 마치 영혼까지 하늘로 따라 올라가듯 몽롱한 눈으로 연을 바라보았다.

소년이 소녀를 발견했다.

소녀는 소년과 눈이 마주치자 눈을 돌려 다시 연을 바라보았다.

바람이 휙 불어 연을 날려 버린 듯 홀연히 연이 사라졌다. 소녀는 자기도 모르게 앞쪽을 향해 뛰어가며 혹시 어딘가에 연이 떨어질까 봐 손을 뻗었다. 그러나 그 순간 연이 그렇게 쉽게 떨어지지는 않을 것이라는 생각이 들었고, 자기가 방금 전에 했던 행동이 멋쩍게 생각되었다. 소녀는 얼굴이 화끈 달아올라 얼른 고개를 돌려 버렸다.

구름 속으로 날아들기라도 하려는 듯 연이 다시 하늘 높이 날아
올랐다.

얼마나 지났을까, 연이 공중에서 소녀의 머리 바로 위쪽을 향해
날아오고 있었다. 그리고 발소리가 들렸다. 소녀가 고개를 돌려 보
니 어느새 외팔이 소년이 연줄을 당기면서 소녀를 향해 걸어오고

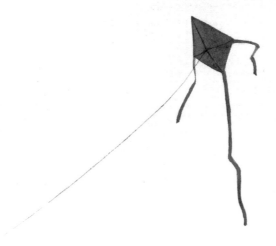

있었다. 한쪽 팔의 빈 소맷자락이 펄럭였다. 소녀는 고개를 바짝
들고 자기보다 훌쩍 키가 큰 소년을 올려다보았다.

"너 연 날리고 싶니?"

소년이 물었다.

소녀는 고개를 움츠리며 당황한 듯 고개를 저었지만 눈길은 연
신 연을 쫓고 있었다.

"자, 날려 봐."

소년이 다가서며 연줄을 소녀 앞으로 내밀었다.

소녀는 소년을 바라보며 연줄을 받아도 될지 망설였다.

"자!"

소년이 연줄을 소녀의 손 가까이로 내밀었다.

소녀는 잠시 주저하다가 조심스럽게 연줄을 받았다.

"뛰어!"

소녀가 뛰자 연도 소녀를 따라 뛰었다. 소녀가 소리 내어 웃었다.

외팔이 소년은 무성하게 우거진 은행나무 아래 선 채 기분 좋은 얼굴로 소녀를 바라보았다.

소녀는 초원 위를 신 나게 달려갔다. 연이 공중에서 오르락내리락하며 빙빙 돌았다. 봄 햇살이 평화롭게 내리비치고 따뜻한 기운이 공기 속에 가득했다. 잠시 뒤 소녀의 얼굴이 발그레 물들고 살짝 튀어나온 이마에 땀방울이 방울방울 맺혔다. 창백하기만 하던 입술에도 발그레 혈색이 감돌기 시작했다. 햇빛이 초원과 나무를 비추자 공기 중에 향긋한 냄새가 피어올랐다. 햇빛 아래 강물도 황금빛으로 반짝거리며 출렁거렸다. 물 위로 바짝 붙어 날아가는 물새들이 마음을 사로잡으려는 듯 울며 지나갔다.

소녀는 뭔가 상상에 빠진 것처럼 연을 오랫동안 응시하고 있었다. 그러다 영문도 모르게 두 줄기 눈물이 소녀의 반듯한 콧날을 타고 주르륵 흘러내렸다.

외팔이 소년이 다가왔다.

소녀가 연을 넘겨주었다.

"나 집에 가야 돼."

"집이 어디야?"

"항아리 골목."

"우리 집이랑 가깝네. 우리 집은 대야 골목이야."

소년이 재빨리 연을 거두어들였다.

소년과 소녀는 함께 집을 향해 걸었다.

"너 조금 전에 울었지?"

소년이 말했다.

소녀가 고개를 끄덕였다.

잠시 아무 말 없다가 소녀가 말했다.

"엄마 아빠 생각이 나서."

"부모님이 어디 계시는데?"

"사람들이 그러는데 죄를 지어서 먼 곳으로 가셨대."

소녀가 발걸음을 멈추고 하늘에 떠 있는 연을 찾으려는 듯 올려다보다가 벌써 거두어들였다는 것을 떠올리며 눈길을 거두었다.

집으로 가는 동안 소녀가 외팔이 소년에게 말했다.

"그저께 엄마 아빠가 사진 한 장을 부쳐 주셨어. 텅 빈 사막 한가운데서 찍은 사진이야."

외팔이 소년이 물었다.

"너 어느 학교 다녀?"

"난 학교 안 다녀."

"왜?"

"병이 나서. 참, 내 옆으로 가까이 오지 마. 나 전염병에 걸렸어."

그런데 병을 옮길지도 모른다는 말에도 외팔이 소년은 오히려 더 가까이 다가왔다.

소년의 빈 소맷자락이 소녀의 눈앞에서 펄럭거렸다. 소녀가 호기심 어린 눈으로 쳐다보았다.

외팔이 소년은 소녀가 자신의 빈 소맷자락을 바라보는 것을 알아차렸지만 부끄러워하는 기색도 없이 마치 빈 소맷자락이 영광스런 상징이라도 되는 양 오히려 당당한 표정이었다.

"너 이름이 뭐야?"

소년이 물었다.

"류리. 오빠는?"

"난 다얼이라고 해. 다얼 오빠라고 부르면 돼."

"다얼 오빠, 잘 가!"

소녀가 작은 손을 흔들었다.

"류리도 잘 가."

소년이 한 손을 번쩍 들었다.

그들은 헤어졌다. 키 큰 소년과 키 작은 소녀. 소년은 대야 골목을 향해 걸어가고, 소녀는 항아리 골목을 향해 걸어갔다.

2

그날 이후로 다얼은 자주 소녀를 찾아와 이곳저곳으로 데리고 다니며 놀았다. 다얼이 낚시를 하면 류리는 작은 고양이처럼 그 옆에 쪼그리고 앉아 물 위에 떠 있는 거위 깃털 낚시찌를 뚫어져라 쳐다보았다. 빨간 낚시찌가 푸른 물 위에서 작은 요정처럼 오르락내리락했다. 다얼은 물고기를 잡아서 새끼줄로 엮어 주었다.

"집에 가져가서 할머니한테 생선탕을 만들어 달라고 해. 몸에 좋아."

두 아이가 사는 고장은 작은 곳이라 조금 걸어가면 바로 마을이 나왔다. 어느 일요일, 다얼은 류리를 데리고 들판으로 나가 하루 종일 놀았다. 종다리가 구름 속에서 청아한 소리로 울고 있었다. 공중에 피어난 아지랑이가 탁 트인 광활한 들판 위를 날고, 오색찬란한 갖가지 꽃들이 촉촉한 수풀 속에 피어나고 있었다.

다얼이 말했다.

"들판의 공기가 네 병을 치료하는 데 좋을 거야."

그 말을 듣고 류리는 입을 크게 벌리고 깊게 숨을 들이쉬며 흙냄새와 다양한 숲 향기를 들이마셨다.

그 뒤 류리는 빈 소맷자락의 사연을 알게 되었다.

동쪽 성곽 주위에 옛날 성벽이 높이 서 있는데, 강가 모래톱 위에 세워졌기 때문에 나룻배를 타고 가지 않으면 아무도 그 모래톱으로 접근할 수 없었다. 그때 열 살밖에 되지 않았던 다얼은 아이들이 내기하는 소리를 들었다.

"누구든지 성벽을 넘을 수 있는 사람이 있다면 우리 모두 땅바닥을 세 번 기어 다니겠다."

너 나 할 것 없이 할 수 있다고 가슴을 탕탕 치며 큰소리쳤지만, 하나같이 꾀쟁이라 결국 이런저런 핑계를 대며 도망쳤다. 다얼은 그들의 뒷모습을 멸시의 눈으로 바라보며 몸을 돌려 그 성벽을 바라보았다. 다음 날, 다얼은 끝에 갈고리가 묶여 있는 기다란 밧줄을 가지고 왔다. 다얼은 밧줄을 빙빙 돌려 성벽 위를 향해 십여 차례 던져 결국 갈고리를 성벽 위에 걸쳐 놓는 데 성공했다. 다얼은 밧줄을 타고 원숭이처럼 성벽을 기어 올라간 뒤 아래를 내려다보았다. 이렇게 높다니! 그는 자기도 모르게 몸서리를 치며 성벽을 꼭 붙잡았다. 조금 떨어진 곳에 고양이가 꼼짝 않고 앉아 있었다. 한참 지난 뒤 다얼은 또 한 번 용기를 내어 갈고리를 바위틈에 끼워 놓고 성벽을 타고 미끄러져 내려왔다. 다얼이 모래톱에 거의 닿으려는데 갈고리가 바위틈에서 빠지면서 그만 땅으로 떨어지고 말았다. 그리고 뒤이어 눈 깜작할 사이에 커다란 바위가 그의 팔 위로 떨어졌다.

강 위를 불어온 찬바람에 정신이 들고 보니 왼팔이 보이지 않는 것 같았다. 고개를 돌리자 선명한 핏물이 모래톱의 풀들을 적시고 있었다. 다얼은 숨을 헐떡거리며 성벽 쪽으로 기어가 어깨를 성벽에 기대고 힘겹게 몸을 일으켜 세웠다. 그리고 주머니에 넣어 두었던 칼을 꺼내 이를 악물고 성벽에 자신의 이름을 새겼다. 팔에서 피가 뚝뚝 흐르고 식은땀이 성벽 아래 수풀 위로 뚝뚝 떨어졌다. 이름을 다 새긴 뒤 그는 강가에 푹 쓰러졌다. 얼마나 지났을까, 모래톱으로 배 한 척이 다가왔다. 배에 탄 사람이 다얼을 발견하고 얼른 병원으로 옮겼다. 의사는 다얼이 뼈가 부스러지는 골절상을 입었으며, 시간이 너무 지체되어 팔을 절단할 수밖에 없다고 했다.

다얼이 빈 소맷자락을 펄럭이며 학교에 나타나자, 모든 아이들이 그를 둘러싸고 존경과 부러움의 눈길로 바라보았다.

그렇게 다얼은 류리의 영웅이 되었다.

며칠 동안 다얼이 류리네 집에 오지 않았다.

"어디 간 걸까?"

류리는 문 앞에서 골목 끝을 물끄러미 바라보며 한참을 서 있었다. 그렇게 초조하게 기다리고 있는데 다얼이 왔다.

"곧 농구 시합이 있어. 날마다 연습하는 통에 널 보러 올 시간이 없었어."

"오빠도 농구를 할 수 있어?"

류리가 고개를 가로저으며 못 믿겠다는 눈으로 빈 소맷자락을 바라보았다.

다얼은 자신만만한 표정으로 웃었다.

"나는 중간 공격수야! 가자, 강가로 놀러 가자."

그날 집으로 돌아오는 길에 다얼이 물었다.

"내가 농구하는 거 볼래? 내일이 바로 시합 날인데."

류리는 당연히 그 모습을 보고 싶었다.

다음 날, 다얼은 정말로 류리를 농구 시합장으로 데리고 갔다.

경기가 시작되었다. 류리는 다른 사람은 쳐다보지도 않고 다얼만 뚫어지게 쳐다보았다. 다얼은 경기장을 휘젓고 다니며 공을 쫓아 이리 뛰고 저리 뛰며 동에 번쩍 서에 번쩍 눈부신 활약을 했다. 다얼이 높이 솟구쳐 뛰어오를 때면 그의 긴 팔이 거의 골대에 닿을 지경이었다. 그가 허리를 숙이며 공을 치고 들어갈 때면 공에 영혼이라도 깃든 것처럼 아무도 빼앗아 갈 수 없었다. 공을 패스할 때면 마치 연을 띄워 올리듯 공을 공중에 한참씩 머무르게 한 뒤 눈으로는 왼쪽을 보면서 오른쪽을 향해 패스해 주었다. 상대 팀에서 다얼의 작전을 알아챘을 때는 공이 이미 다얼 팀 선수의 손안에 들어간 뒤였다. 공이 또다시 돌아오자 그는 골대 아래서 막아서고 있다가 상대 선수가 공격해 오는 공을 재빨리 가로채 펄쩍 뛰어오르며 긴 팔을 뻗어 골대를 향해 공을 꽂아 넣었다. 공이 포물선을 그으며 탕 하고 떨어지는 소리가 들렸다. 아무 곳에도 부딪치지 않고 그대로 골대 안으로 빨려 들어간 것이다. 잠시 뒤 점수 차가 크게 벌어졌다. 상대 팀은 마음이 급해져 거칠게 생긴 키 큰 선수 두 명을 투입시켜 다얼의 앞뒤에서 밀착 수비를 하기 시작했다. 다얼이 갇혀서 옴짝달싹도 못하는 사이 상대 팀이 재빨리 추격해 왔다. 경기 종료 5분여를 남겼을 때 상대 팀이 다얼 팀을 앞서기 시작했다.

십여 초간 다얼은 그 자리에 선 채 꼼짝도 하지 않았다. 그러나 그의 눈빛만큼은 공중을 이리저리 획획 날고 있는 공을 주시하고 있었다. 다얼은 이빨로 마른 입술을 물어뜯으며 땀에 젖은 주먹을 움켜쥐었다. 갑자기 그가 고함 소리를 내지르며 경기장 가운데로 날듯이 달려 나가더니, 손을 공중으로 뻗어 상대방의 공을 낚아챘다. 다얼은 그대로 회오리바람처럼 골대를 향해 달려들어 상대팀이 눈치 채기도 전에 탕 하는 소리와 함께 공을 집어넣었다.

류리는 자기도 모르게 팔짝팔짝 뛰며 환호성을 내질렀다.

상대 팀이 다얼을 더욱 바짝 죄어 오기 시작했다. 다얼은 강렬한 눈빛으로 상대 팀 선수들을 노려본 뒤 이리저리 그들을 따돌렸다. 종료 시간까지는 2분 정도 남은 시각, 또다시 동점이 되었다.

경기장 안의 공기가 긴장감으로 팽팽해져 숨도 제대로 못 쉴 지경이었다.

다얼의 얼굴은 온통 땀으로 번들거리고 등에는 땀에 젖은 옷이 찰싹 달라붙어 있었다. 상대 팀 선수가 앞뒤로 밀착 수비를 하며 가슴과 등에 붙다시피 했다. 다얼이 몸을 세차게 흔들며 두 선수 사이를 나오더니 어느새 골대 밑을 파고드는 모습을 보이자 다얼 팀 선수가 다얼에게 얼른 패스해 주었다. 다얼이 공을 넣으려는 순간 상대 팀 선수 하나가 들소처럼 밀고 들어와 다얼의 가슴팍으로 돌진해 퍽 하고 부딪쳤다. 그 바람에 다얼은 몇 미터 밖 진흙탕으로 나가떨어졌다. 그 선수는 벌칙을 받아 퇴장당했다. 다얼은 일어서려고 애를 써 보았지만 일어서지 못하고 사람들이 끌어당겨 주어 겨우 진흙탕을 빠져나왔다. 다얼은 다친 곳이 아파서 이를 악물고 경기장 밖으로 걸어 나가면서 자꾸만 경기장을 뒤돌아보았다.

류리는 군중 사이를 헤치고 다얼의 앞으로 다가갔다.

다얼은 숨을 헐떡이며 마사지를 받고 있었는데, 연신 고개가 흔들리면서도 류리를 향해 미소를 지어 보였다.

마지막 1분이 남았을 때 다얼은 자기편이 지고 있는 걸 보면서 자리에서 벌떡 일어나 다시 한 번 경기장 안으로 들어갔다. 절뚝거리며 경기장 안으로 들어가면서도 자기를 향해 손을 흔들어 주는 류리를 보며, 다얼도 손을 흔들어 주었다.

마지막을 알리는 징 소리와 거의 동시에 다얼이 넣은 마지막 공이 골대에 들어갔다. 그 공은 다얼이 경기장 한가운데서 한 팔로, 몸을 뒤로 젖히듯 공중으로 뛰어오르며 피어오르는 연기 같은 모습으로 포물선을 그리며 던진 것이다. 류리는 한평생 그 모습을 잊을 수 없을 거라고 생각했다.

다얼은 장려상으로 파란색 운동복 한 벌을 받았다.

그는 그 옷을 들고 류리와 함께 집으로 향했다.

큰 강가를 지나는데 다얼이 갑자기 그 자리에 멈춰서며, "강물에 들어가 목욕을 하고 이 운동복을 입어야겠지?"라고 말한 뒤 상의와 긴 바지를 벗어 풀밭에 던져 놓고 강물로 뛰어들었다.

류리는 다얼의 옷을 안고 따라갔다.

다얼은 몸을 날려 공중에 반원을 그리며 강으로 다이빙했다. 다얼이 물에 들어가는 순간 하얀 물거품이 치솟았다. 다얼은 외팔로 강 건너편까지 헤엄쳐 가더니 "류리야!" 하고 소리친 뒤 다시 되돌아왔다. 헤엄을 치는 다얼 뒤로 혜성의 꼬리처럼 하얀 물거품이 이어졌다.

다얼은 머리를 좌우로 힘차게 흔들어 물방울을 털어 내면서 강기슭으로 올라왔다.

황혼으로 접어든 초여름 석양이 온전치 못한 육체를 붉게 물들이고 있었다. 그의 팽팽한 다갈색 피부는 두드리면 강철 두드리는 소리라도 날 듯했고, 물에 젖은 몸은 석양빛을 받아 비단처럼 반짝거렸다. 다얼의 어깨는 넓고 반듯해 아무리 무거운 물건이라도 거뜬히 멜 수 있을 것처럼 보였다. 그러나 아직 가슴이 납작하고 갈비뼈가 툭 튀어나올 만큼 말라 있고, 위아래로 오르내렸다. 잘려 나간 팔 부분이 오히려 옹골찬 기운을 더해 주고 있었다.

류리가 갑자기 소리쳤다.

"다얼 오빠, 저기 좀 봐!"

류리가 손가락으로 멀리 보이는 큰 산을 가리켰다.

"산이구나!"

"산꼭대기에 있는 저 바위 좀 봐!"

그 순간, 석양이 먼 산 정상에 우뚝 선 바위 뒤를 비추고 있었다. 석양빛이 뒤에서 비추자 바위에 검푸른 실루엣이 만들어지며 마치 존경스런 인물의 조각상처럼 보였다. 더 오묘한 것은 외팔이의 모습이라는 점이었다.

"다얼 오빠, 저 바위가 오빠를 닮았어!"

류리는 굉장한 걸 발견했다는 기쁨에 풀밭 위를 팔짝팔짝 뛰었다.

다얼이 산 쪽을 바라보더니 웃었다.

"그래, 그래, 바위가 날 닮았구나. 자, 바위는 그만 보고, 어때? 이 옷 입으니까 보기 좋으니?"

류리가 뒤돌아보았다.

"멋있어."

"집에 다 왔네."

다얼이 구김살 없는 표정으로 팔을 흔들며 말했다.

류리가 고개를 끄덕였다.

몇 걸음 걷다가 다얼이 발걸음을 멈추고 방금 갈아입은 운동복을 벗어 조심스럽게 접어서 포장지 속에 다시 넣었다. "다음 시합 때 다시 입어야지."라고 말하며 낡아 떨어진, 이미 작고 짧아진 옷으로 갈아입었다.

다얼은 아빠 없이 엄마와 단 둘이 살고 있었고, 집안 형편은 몹시 가난했다.

3

보름 동안이나 류리는 다얼을 만날 수가 없었다. 다얼이 시험 공부에 열중하고 있었기 때문에 시간을 낼 수 없었던 것이다.

류리는 철이 든 아이라 오빠가 자기를 보러 오지 않아도 원망하지 않았다. 류리는 하루하루 인내심을 갖고 기다렸다. 오빠가 한 달 뒤에 보러 오겠다고 했으니까.

그런데 한 달도 채 되지 않아 다얼이 왔다. 다얼은 눈에 띄게 홀쭉해져 있었다. 눈가는 퀭하고 머리는 헝클어지고 입술은 부르트고, 걸음걸이도 허깨비같이 가벼워져 있었지만, 류리를 보자 메마른 웃음을 지었다. 다얼은 걸상에 앉아 손으로 말라서 뾰족해진 턱을 받쳤다.

류리는 물끄러미 다얼을 바라보았다.

잠시 뒤 다얼이 말했다.

"대학 시험을 못 볼 것 같아."

"왜?"

"엄마가 아파서 병원에 입원했어. 대입 시험 대비반에 다니려면 돈도 많이 내야 하는데, 면목이 없어서 집에 돈 달라고 손을 내밀 수도 없고."

류리는 자기 방으로 뛰어 들어가 묵직한 보따리 하나를 안고 나와 탁자 위에 올려놓았다. 보따리를 푸니 그 속에서 동전이 가득 나왔다. 그건 할머니가 매일 5전씩 준 돈을 쓰지 않고 모아 둔 것이다. 마치 오늘처럼 다얼 오빠를 도울 날이 올 것을 미리 예상하기라도 한 듯.

다얼은 고개를 저으며, "그건 안 돼!"라고 말한 뒤 그대로 문을 향해 걸어 나갔다.

류리가 보따리를 들고 얼른 문을 가로막아 서며 얼굴을 바짝 들고 두 손으로 하얀 동전을 받쳐 들었다.

"오빠, 받아!"

다얼은 류리를 바라보며 어찌할 바를 몰랐다.

"받아, 받아 줘……."

류리의 음성은 애원에 가까웠다.

다얼은 손을 뻗어 돈을 받아들었다.

떠나기 전에 다얼이 말했다.

"류리야, 한 달 뒤에 다시 올게."

류리는 다소곳이 고개를 끄덕였다.

정말로 한 달이 지나자 다얼이 왔다.

"내일 시험 보러 가. 오늘은 공부 그만하고 좀 쉴래."

할머니가 집에 왔다. 할머니는 이 젊은이를 잘 대접해 보내기로 했다. 이 젊은이가 손녀에게 기쁨과 웃음을 가져다주었고, 병도 거의 낫게 해 주었기 때문이다.

"가지 마, 오늘은 탕위안(湯圓, 새알심 같은 것을 넣고 끓인 국 - 옮긴이.)을 먹고 가. 할머니가 만든 탕위안이 얼마나 맛있다고."

다얼이 할머니를 향해 웃었다.

할머니는 탕위안을 끓여 상을 보았다. 세 사람은 작은 식탁에 둘러앉아 기분 좋게 먹었다. 한참 먹다가 다얼이 갑자기 더 먹지 않고 숟가락을 식탁 위에 놓았다.

할머니와 류리는 의아한 얼굴로 다얼을 쳐다보았다.

다얼이 숟가락을 쳐다보았다.

"시험에 붙을지 떨어질지 잘 모르겠어. 이 숟가락을 빙빙 돌리다가 손잡이 쪽이 나를 향하면 붙는 거야."

다얼이 손가락으로 숟가락을 돌렸다.

방 안에 적막이 흘렀다.

숟가락이 빙빙 돌자 은빛 원이 그려졌다. 잠시 뒤 숟가락이 멈출 듯 천천히 돌며 손잡이 쪽이 서서히 멈추기 시작했다.

류리는 눈동자를 숟가락 손잡이에 고정한 채 뚫어지게 바라보며 마음속으로 수없이 빌었다.

'다얼 오빠를 향해 멈추어라, 오빠를 향해 멈춰. 제발, 제발 부탁이야…….'

손잡이 쪽이 다얼을 향해 멈추었다가 또 천천히 움직였다.

류리가 질끈 눈을 감아 버렸다.

"와, 나 대학에 붙을 수 있어!"

다얼이 갑자기 소리쳤다.

류리가 눈을 떴다. 숟가락 손잡이가 밤하늘의 북두칠성처럼 반짝거리며 다얼을 향하고 있었다.

할머니가 기쁨의 눈물을 흘렸다.

성적이 발표되었다. 다얼의 성적은 아주 좋았다. 류리는 다얼이 명문 대학에 지원할 거라고 생각했다. 다얼은 그럴 권리가 있었다.

다얼은 며칠 동안 연달아 류리를 데리고 여기저기 놀러 다녔다. 강가, 들판, 거리……. 다얼은 장난치며 놀다가 갑자기 조용해지곤

했다. 큰 나무에 기대거나 강가에 앉아 하늘의 흰 구름을 올려다보는 다얼의 눈에 꿈이 가득했다.

"다얼 오빠는 꼭 대학교에 갈 거야."

류리는 자기가 대학에 가기라도 하는 양 하루 종일 방그레 웃음을 지었다.

입학 통지서가 행운의 합격자들에게 날아오기 시작했다. 그러나 다얼에게는 소식이 오지 않았다. 다얼의 친구들은 대학에 입학하기 위해 집 떠날 채비를 했다. 그러나 다얼에게는 입학 통지서가 오지 않았다. 다얼은 가만히 있을 수가 없어 류리를 데리고 학교 사무실에 가서 물어보았다. 불합격에 대한 소식이 폭탄처럼 다얼의 머리 위로 떨어졌다. 신체검사를 통과하지 못해 불합격한 것이었다.

다얼은 그 자리에 얼어붙은 듯 서서 한동안 꼼짝하지 못했다.

류리는 다얼을 바라보다 갑자기 다얼의 외팔을 꼭 껴안으며 울음을 터뜨렸다.

다얼의 눈빛이 멍해졌다. 류리가 얼마나 슬프게 우는지 사무실 직원들의 눈도 흐릿해졌다.

다얼이 갑자기 뭔가를 떨쳐 버리려는 듯 머리를 힘차게 흔들었다. 다얼은 억지웃음을 지으면서 류리를 끌어당기며 그곳을 떠났다.

4

다얼은 한동안 크게 앓았다.

류리도 다얼처럼 홀쭉하게 말랐다.

어느 날 다얼이 류리를 찾아왔다.

"할머니, 저 일을 찾기로 했어요. 이제 류리하고 실컷 놀 수 있어요."

할머니가 다얼의 외팔을 어루만지며 그렁그렁한 눈으로 웃음 지었다.

여름이 되었지만 다얼은 여전히 일을 찾지 못했다. 다얼은 우울한 기분에 류리를 데리고 또 들판을 달렸다. 한여름의 들판은 짙푸른 녹음으로 덮여 있었다. 키가 큰 감나무가 커다란 우산처럼 들판 위에 우뚝 서 있었다. 멀리 울창한 소나무 숲 속에서 샘물이 흘러나와 햇빛 아래서 맑게 빛났다. 먼 산에서 들려오는 고요한 새들의 지저귐이 계곡의 고요한 정취에 녹아 여름 분위기를 물씬 풍기고, 눈같이 새하얀 구름이 맑고 투명한 여름 하늘에 유유히 흘러가고 있었다.

그렇게 시간을 보내다 황혼의 노을이 장미처럼 들판에 흩어질 때에야 다얼은 류리와 함께 시내로 향했다.

강가에서 류리는 발걸음을 멈추고 한곳을 바라보았다. 다얼은 류리의 눈빛을 따라가다 풀밭 위에 서 있는, 류리 또래의 소녀를 보았다. 우윳빛 원피스를 입은 그 소녀가 갑자기 뛰기 시작하자 원피스가 펄럭였다. 잠시 뒤 소녀가 뛰어오더니 빙빙 돌다가 천천히 풀밭 위에 앉았다.

'치마다, 하얀 치마야!'

다얼은 류리의 눈 속에서 그렇게 외치는 소리를 들었다.

류리도 어느새 열세 살이었다.

류리는 눈을 질끈 감으며 꿈과 환상을 닫아 버리고 몸을 돌려 날 듯이 뛰어갔다.

다음 날 다얼이 왔다. 손에는 종이돈을 들고 있었다.

"너에게 치마를 사 줄게."

류리는 의혹이 가득한 눈으로 다얼을 바라보았다.

"나 그 운동복을 팔았어. 가자, 너에게 치마를 사 줄게."

류리는 오빠를 따라갔다.

"어서 들어가서 사. 난 밖에서 기다릴게."

다얼은 상점 문 앞에 서서 기다렸다.

남자가 치마를 파는 계산대 앞에 서 있는 건 너무나 겸연쩍은 일이기 때문이었다.

잠시 뒤 류리가 나왔지만, 치마는 사지도 못하고 울기까지 했다.

"왜 그래?"

류리가 손으로 안쪽을 가리켰다.

"저기 치마 파는 사람이 날 욕했어……."

"욕을 했다고?"

"나보고 호박이래……."

류리는 모욕감에 울었다.

류리를 무시했다고? 누구든 류리를 무시하면 가만두지 않겠어!

다얼은 류리의 팔을 잡아끌고 상점 안으로 들어가며 물었다.

"누구야?"

류리가 계산대에 서 있는 두 남자를 손으로 가리켰다.

"넌 밖에 나가서 기다려!"

그러나 류리는 나가지 않았다.

"나가 있어!"

다얼이 출입문을 가리켰다.

류리는 쭈뼛거리며 밖으로 나가면서 자꾸만 뒤돌아보았다.

다얼이 빨리 나가라는 눈짓을 했다.

류리는 할 수 없이 상점 문을 나와 밖에서 기다렸다. 그러나 아무리 기다려도 다얼은 나오지 않았다. 류리가 상점 안으로 들어가 보았다. 그러나 다얼이 보이지 않고 두 남자도 보이지 않았다. 류리는 불안한 마음에 소리 높여 불렀다.

"다얼 오빠! 다얼 오빠!"

류리는 다급하게 다얼의 이름을 부르면서 상점 안에서 밖으로, 또 밖에서 안으로 뛰어다니며 상점을 빙빙 돌았다.

다얼은 두 남자에게 붙잡혀 창고에 갇히고 말았다.

상점 문이 닫혔다.

류리는 나무 아래 쪼그리고 앉아 다얼을 부르며 울었다.

"다얼 오빠…… 다얼 오빠……."

"류리야!"

다얼이 갑자기 뒤에서 류리를 불렀다.

류리가 깜짝 놀라 벌떡 일어서니 다얼이 어느새 바로 앞에 서 있었다. 다얼의 옷은 찢어져 있고 코 밑에는 코피 흘린 자국이, 손에도 핏자국이 있었다.

"내가 녀석들을 피가 날 때까지 때려 줬어!"

류리는 계속 울었다.

저녁 바람이 먼 협곡을 지나 큰 길을 따라 불어오고 있었다. 다얼은 류리의 손을 잡고 부드러운 전등 불빛 아래를 걸으며 집으로 향했다.

5

또 반년이 흘러갔지만 다얼은 여전히 할 일을 찾지 못했다.

다얼은 먹지도 마시지도 않고 교외 들판에 누워 온종일 생각한 끝에 한 가지 결심을 했다. 집과 마을을 떠나 친구의 아버지가 경영하는 운반선을 타고 곳곳을 누비고 다니며 살 생각을 한 것이다.

다얼은 떠나기 전에 확신에 찬 어투로 류리에게 말했다.

"기다려, 네 부모님은 반드시 돌아오실 거야."

정말로 다얼이 말한 것처럼 다얼이 떠난 뒤 두 달도 채 안 되어서 아빠와 엄마가 사막에서 돌아왔다. 그때부터 류리는 풍요롭고 따뜻한 생활을 하게 되었다. 그런데 편한 생활을 하면서부터 류리는 강 위를 떠도는 다얼 생각을 더 많이 했다. 밥을 먹으면 '다얼 오빠는 밥을 먹었을까?' 하고 생각했고, 잠을 잘 때는 '다얼 오빠는 잠들었을까?' 하고 생각했다.

'다얼 오빠, 어디 간 거야? 춥지는 않아?'

류리의 눈 속에는 그리움이 깃들어 있었다.

다음 해 겨울, 드디어 다얼이 돌아왔다. 엄마가 돌아가셨기 때문이다.

겨우 일 년 만인데 다얼은 많이 변해 있었다. 류리는 다얼을 못 알아 보고 눈을 동그랗게 뜨고 한참을 바라보았다. 깡말라서 광대

뼈, 어깨, 턱이 모두 툭 튀어나왔고, 거칠어진 피부에 입술이 더 커 보였고, 그 입술 위로 까만 수염까지 나 있었다. 다얼은 목소리까지 걸걸한 쉰 목소리로 변해 있었다. 그러나 다얼은 떠날 때 입고 있던 옷을 여전히 걸치고 있었다. 그 옷은 바람과 햇빛과 땀에 하얗게 바래 있었다.

다얼이 류리를 향해 웃었지만 어딘지 슬픈 느낌이 묻어났다.

다얼의 엄마는 교외 황무지에 묻혔다. 다얼에게는 유일한 가족이었다. 다얼은 3일 동안 엄마의 무덤 앞에서 아침부터 밤까지, 달빛이 서쪽 협곡으로 사라질 때까지 앉아 있었다.

류리는 저만치 떨어져서 묵묵히 지켜보았다. 류리의 할머니는 아빠 엄마가 집으로 돌아온 뒤 얼마 안 되어 돌아가셨다. 류리는 가족이 세상을 뜨면 살아 있는 사람의 심정이 어떤지 너무나 잘 알고 있었다.

3일째 되는 날, 마지막 한 시간 동안 다얼은 꼼짝 않고 엄마의 무덤 앞에 앉아 있었다. 너무 오래 앉아 있었기 때문에 다얼은 다리가 저려 일어서다 말고 옆으로 쿵 하고 쓰러졌다. 류리가 뛰어와 다얼을 부축해 일으켰다. 별이 총총한 하늘이 겨울의 적막한 들판을 덮고 있는 가운데, 저 멀리 들쑥날쑥 이어지는 산들이 밤의 장막 속을 미친 듯이 달리는 준마처럼 처량하게 보였다.

돌아오는 길에 류리가 다얼에게 말했다.

"다얼 오빠, 가지 마!"

다얼이 고개를 저었다.

류리 할머니는 임종 때 류리의 아빠 엄마에게 유언을 했다.

"나중에 다얼을 집에 데리고 와라."

류리의 아빠와 엄마가 할머니 말대로 다얼에게 집으로 와서 같이 살자고 여러 번 권했지만, 다얼은 매번 거절했다.

다시 사흘이 지나자 하늘에서 큰 눈이 쏟아졌다. 류리는 평상시와 같이 다얼을 찾아갔다. 그런데 다얼의 집에 들어서던 류리는 놀라서 그 자리에 서 버렸다. 집 안에 낯선 사람이 있었던 것이다.

낯선 사람이 류리에게 물었다.

"너 류리라고 하지?"

류리가 고개를 끄덕였다.

"우리 다얼 오빠는요?"

"집을 팔고 오늘 아침에 날이 밝자마자 그대로 떠났다."

낯선 사람이 호주머니 속에서 편지 한 통과 멋진 상자를 꺼냈다.

"편지 한 통과 치마를 너에게 전해 달랬어."

류리의 눈에 눈물이 솟구쳤다.

류리는 다얼 오빠의 편지를 펼쳤다.

류리야,

너의 다얼 오빠는 떠난다. 어디로 가느냐고? 나도 아직은 잘 몰라. 나는 우선 배 한 척을 살 거야. 내 배가 한 척 필요해. 난 돈을 많이 벌어서 돌아올 거야. 그리고 어떤 일도 하지 않고 집에서 소설을 쓸 거야. 나는 작가가 되고 싶어. 그꿈을 이룰 수도 있고 이루지 못할 수도 있겠지. 그렇지만 지금 내 마음이 그렇게 말하고 있어.

예전에 수많은 상점들을 돌아다녀 보았지만 네가 좋아하던 그 하얀색 치마를 살 수 없었어. 그런데 드디어 샀어. 여름이 오면 그 옷을 입어. 난 네가 그 소녀보다 더 예쁘다고 생각해. 너의 다얼 오빠는 좋지 않은 운명을 타고난 것 같다. 오빠는 언제나 실패했고 굉장히 비참했어. 그렇지만 이젠 괜찮아.

날 축복해 줘!

널 축복할게.

무사히 다녀올게!

다얼 오빠

봄이 겨울을 보내고, 여름이 봄을 푸르게 바꾸고, 가을은 여름을 황금빛으로 물들이고, 다시 하얀 겨울이 찾아왔다. 하루하루가 지나고, 한 달 그리고 또 한 달이 지나고, 한 해, 또 한 해가 지나갔다. 류리는 이제 열여섯 살이 되었고, 나긋나긋한 몸매의 어여쁜 처녀가 되었다. 그러나 다얼은 돌아오지 않았다. 가끔 류리는 다얼이 생각나서 자기도 모르게 강가 초원으로 달려 나갔다. 류리는 조용히 먼 산을 바라보았다. 그 산 위에는 다얼을 닮은 바위가 뭉게구름이 흘러가는 하늘 위에 여전히 우뚝 서 있었다.

오렌지 나무

완차오는 아침 일찍 밖으로 나가 열심히 꼴풀을 베었다. 점심때까지 쉬지 않고 베다 보니 너무 피곤해 꼴풀이 가득 든 자루를 끌고 유마지 마을 한가운데 우뚝 선 커다란 오렌지 나무 아래로 왔다. 완차오는 나무 위에 달린 오렌지를 올려다보고 침을 꿀꺽 삼켰다. 그러고는 오렌지 나무 아래 벌렁 누워 버렸다. 그렇게 누워 잠시 쉬었다가 집으로 돌아갈 생각이었지만 머리를 땅에 대는 순간 눈앞에서 오렌지가 둥둥 떠다니더니 그만 스르르 잠이 들어 버렸다. 마치 이대로 영원히 잠이 깨지 않을 것처럼.

새끼줄로 자루 입구를 묶어 놓아 초록 공처럼 보이는 커다란 꼴
풀 자루가 오렌지 나무 옆에서 우직하게 완차오를 지켜 주고 있다.

가을 해가 눈처럼 하얀 빛으로 잔잔한 들판을 비추고 있다.

밭두렁 위로 네 명의 아이들이 걸어가고 있다. 류구와 후즈, 산
퍄오와 홍산이다. 오늘은 학교에 가지 않는 날이라 들판에서 하루
종일 뛰어놀면서 물고기나 다갈색으로 색을 바꾼 메뚜기, 혹은 논

으로 들어가 날지 못하는 뜸부기 같은 것들을 잡으려는 것이다. 그
것도 아니면 아예 두 팔을 벌리고 들판에 벌렁 누워 햇볕을 쬘 수
도 있다. 며칠 더 지나면 해도 점점 멀어져 갈 테니까.

그런데 아이들의 눈에 완차오의 꼴풀 자루가 먼저 들어왔다. 그
리고 오렌지 나무 아래에 누워 있는 완차오도 보였다. 네 명의 아
이들은 왠지 모를 흥분에 휩싸여 밭두렁을 따라 오렌지 나무를 향
해 달려가기 시작했다. 오렌지 나무 가까이에 이르러서 아이들은
고양이처럼 살금살금 완차오 가까이로 모여들었다. 누런 풀들이
아이들의 발아래에서 사르륵 옆으로 누웠다. 맨 앞에 가던 아이가
잠시 걸음을 멈추더니 뒤를 돌아보고 나머지 아이들에게 눈짓을
하면서 살그머니 움직이기 시작했다. 소리 없이 민첩하게 움직이

는 아이의 몸놀림에 긴장감이 흘렀다. 사실 그 순간 누군가 완차오를 번쩍 들어서 강물에 던진다 해도 완차오는 깰 것 같지 않았다.

아이들은 오렌지 나무 아래에 도착한 뒤 고개를 숙이고 허리를 굽힌 채 완차오를 둘러싸고 몇 바퀴 돌았다. 그런 다음 살그머니 앉아서 달콤한 잠에 빠진 완차오를 들여다보았다. 아이들은 서로 눈짓을 주고받으며 엉덩이걸음으로 완차오 곁으로 바싹 다가앉았다. 아이들의 얼굴에 흥분에 들뜬 표정이 피어올랐다. 지루한 하루를 보내던 중 완차오를 발견하고 갑자기 재미있는 일이라도 터질 것 같은 흥분에 휩싸인 것이다.

아이들이 자기를 내려다보고 있는 줄도 모르고 완차오는 끝없이 꿈속을 헤매고 있었다.

햇빛이 동그란 오렌지 잎사귀 사이를 뚫고 완차오의 몸 위로, 얼굴 위로 내리비쳤다. 산들바람이 나뭇가지를 스치고 지나며 나뭇잎을 흔들어 놓자, 어른거리는 햇빛과 나뭇잎 그림자가 완차오 몸 위에서 흔들거렸다. 그 모습은 마치 환상을 보는 듯 신비로웠다.

완차오가 빙긋이 웃음을 지었다. 웃음 진 입술 사이로 침이 주르륵 흘렀다.

홍산은 '풉' 하고 터져 나오는 웃음을 얼른 손으로 막으며 목을 움츠렸다.

햇빛과 나뭇잎 그림자는 마치 물결치는 수면에 햇빛이 반사되어 강가 버드나무를 비추듯, 완차오의 몸과 얼굴 위에서 어른거리고 있었다. 아이들은 뭔가 장난을 치고 싶었지만 마음속의 충동을 억지로 참으며 조용히 앉아 장난기 어린 눈으로 깊은 잠에 빠진 완차오를 들여다보았다.

완차오는 유마지 마을 서쪽 지역에 사는 떠돌이 류스가 나이 마흔다섯에 주워 온 아이다. 어느 날 아침, 류스가 물고기 담는 바구니를 메고 물고기를 잡으러 나가던 길에 활 모양의 둥근 다리를 지나다가 다리 앞에 여러 겹으로 쌓여 있는 보따리를 발견했다. 그 보따리의 한 귀퉁이가 커다란 귀처럼 새벽바람에 흔들리고 있었다. 류스는 길 가던 사람이 떨어뜨린 보따리일 것이라고 생각하고 흘깃 보기만 하고 지나치려는데, 그 보따리가 이리저리 흔들리는 것이었다. 다리 앞은 경사진 곳이기 때문에 잠시 흔들리던 보따리가 어느새 아래로 구르기 시작했다. 보고 있자니 금방이라도 논 속으로 빠질 것만 같았다. 류스는 얼른 달려가 보따리를 앞지른 뒤 두 발로 보따리를 막았다. 발끝으로 보따리를 톡톡 건드려 보았더니 뭔가 묵직한 것이 느껴졌다. 류스는 굵고 짧은 손가락으로 대충 보따리의 한 귀퉁이를 열어젖히다가 '어이쿠' 하고 놀라 소리치며 엉덩방아를 찧었다. 정신을 가다듬고 보따리 속을 들여다보니 보따리 안에 볼그레한 아기 얼굴이 보였다. 곤히 잠들어 있던 아기가 살며시 눈을 뜨고 물고기처럼 입술을 오물오물 빨더니 이내 다시 잠들었다.

다리를 지나는 행인들이 점점 많아졌다.

류스는 아기 포대기를 품에 안은 채 사방을 두리번거리며 어쩔 줄 몰라 했다.

사람들이 웅성거렸다.

"시집 안 간 처녀가 낳은 게지."

"사내애네."

"낯부끄러운 일이야."

"시집도 안 간 처녀가 몰래 애를 낳았나 보네그려."

유마지에서 나이가 가장 많은 노인이 지팡이를 짚고 다가와 류스를 향해 호통을 쳤다.

"멍청히 서서 뭐 하고 있어? 얼른 집으로 데리고 가야지! 자네 운이 좋은 거야. 마누라도 얻기 힘든데 공짜로 아들이 생겼으니, 이건 다 자네 운명이야!"

류스의 보살핌 속에서 완차오는 하루하루 자라났다. 처음에는 강아지처럼 힘들게 류스를 따라다녔는데 차츰 류스와 함께 걸을 수 있게 되었고, 시간이 좀 더 지나니까 류스를 앞질러 뛰어다녔다. 그러다가 여덟 살이 되던 해 봄에 완차오는 큰 병을 앓게 되었다. 처음 아프던 날, 완차오는 머리 위에 맷돌을 얹어 놓은 듯 머리가 너무나 아파서 집으로 돌아가는 길에 넘어져 마른 저수지로 구르고 말았다. 류스는 가난했고 모아 둔 돈이 없었기 때문에 이 집 저 집으로 돈을 꾸러 다녔다. 그러다 완차오를 데리고 병원에 갔을 때 완차오는 의식을 잃고 말았다. 의사는 뇌막염에 걸렸다고 말했다. 사흘이 지난 뒤 완차오는 간신히 눈을 떴다. 완차오가 퇴원해서 유마지에 다시 나타났을 때 사람들은 완차오가 멍청해졌다는 걸 알았다. 완차오는 시도 때도 없이 미묘한 웃음을 지었다. 길거리에서나 교실에서나 툭하면 웃었고, 심지어 배를 내놓고 오줌을 누면서도 아무 이유 없이 빙글거리며 웃었다. 가끔은 유마지 사람들이 알아들을 수 없는 말로 혼자 중얼거리기도 했다.

유마지의 아이들은 완차오와 함께 있으면 즐거웠기에 누구나 완차오를 보고 싶어 했다. 완차오를 키우고 있는 류스가 너무도 가난했기 때문에 사람들은 완차오가 불쌍하다고 생각하곤 했다. 유마지에서 가장 허름한 집이 바로 류스의 집이다. 말이 집이지 사실은 집이라고 말할 것도 없었다. 유마지 사람들은 류스의 집을 집이라 부르지 않고 '헛간'이라고 불렀다. 유마지의 다른 집 아이들은 학교에 입학하면 누구나 책가방을 들고 다녔지만 완차오는 허름한 싸구려 책가방조차 살 수가 없었다. 류스는 판자로 작은 나무 상자 가방을 만들어 주었다. 완차오가 나무 상자 가방을 메고 엉덩이를 들썩거리며 학교에 가면, 아이들 한둘이 그 뒤를 따르며 나무 막대를 주워 완차오 뒤에서 따다다닥 하며 나무 상자를 두드렸다.

두드리다가 흥이 나면 아예 큰 소리로 외치기까지 했다.

"아이스케키 팔아요!"

완차오는 화내지 않고 이마 위의 땀을 닦으며 수줍게 웃었다. 어느 날인가 학교에서 단체로 아이들을 데리고 시내로 견학을 가는 길에 영화관을 지나는데, 마침 그곳은 전쟁 영화를 상영하고 있었다. 산파오가 극장표를 사니까 아이들이 하나씩 둘씩 너도나도 표를 샀다. 순식간에 4, 50명의 아이들이 우르르 영화관 안으로 들어가고 완차오 혼자만 남았다. 완차오는 영화관 입구 계단에 앉아 두 손으로 다리를 감싸고 머리를 다리 사이에 묻고서 어서 영화가 끝나 산파오와 아이들이 나오기만을 기다리고 있었다. 거리는 행인들로 넘쳐 나고, 자전거 종소리로 요란했다. 완차오는 맥 빠진 눈빛으로 멍청하게 길가의 오동나무를 바라보고 있었다. 멀뚱히 앉아 있는 동안 완차오는 가끔 집에 두고 온 돼지를 떠올렸다. 돼지는 완차오 혼자 키우다시피 하고 있었다. 류스는 새끼 돼지를 손에 넣게 되면 여러 가지 계산을 했다. 돼지가 살찌면 팔아서 집안 살림에 보태고 완차오의 학비에 쓰고 옷을 사 주려는 셈을 하는 것이다. 완차오가 꼴풀을 벨 수 있는 나이가 된 뒤부터 완차오는 돼지를 잘 키워서 살찌울 생각만 했다. 완차오는 한 번도 돼지를 굶기지 않고 언제나 가장 좋은 꼴풀을 베었다. 손에 움켜쥐면 하얀 즙이 나오는 돼지풀이 가장 좋은 꼴풀이었다. 영화가 마침내 끝나고 산퍄오와 아이들이 발그레해진 얼굴로 영화관을 나왔다. 아이들의 눈빛 속에는 놀라움과 통쾌함이 담겨 있었다. 완차오는 아이들과 함께 마음이 들떠 산퍄오나 류구, 혹은 후즈 등 아이들의 팔을 붙잡고 영화 내용이 무엇이었는지 물어보았다. 처음에 산퍄오와 아이들은 영화의 흥분에서 벗어나지 못해 완차오를 거들떠보지도 않았다. 그러다 시간이 좀 흐르자 완차오를 돌아보며 자기들이 본 내용을 사실처럼 묘사하기 시작했다. 어떤 아이는 완차오를 향해 일부러 거짓 이야기까지 만들어 내서 얘기하기도 했다. 완차오는 어떤 얘기가 영화 얘기고 어떤 얘기가 지어낸 얘기인지도 모른 채 듣고만 있었다. 그렇게 듣고 있다가 속으로 중얼거렸다.

"산퍄오 말로는 그 사람이 머리가 터지게 맞았다고 하고, 류구는 그 사람이 마지막에 대대장이 되었다고 하는데 어떻게 된 거지?"

길을 가는 동안 완차오는 속으로 뭐가 어떻게 된 일인지 알 수 없었다. 그러나 모르면 모르는 채로 그저 즐거웠다.

햇빛이 점점 환하게 빛났다.

완차오는 몸을 뒤집었다. 그러자 땅바닥에 닿았던 옆얼굴이 위로 향했다. 산퍄오와 아이들은 완차오의 얼굴에 빨갛게 풀과 흙 자국이 선명하게 찍혀 있는 모습을 보았다.

홍산이 손가락으로 완차오의 얼굴을 가리키자 모두들 목을 빼고 그 모습을 보았다. 완차오가 또 웃으며 침을 주르륵 흘렸다.

논두렁 위로 가끔씩 농기구를 어깨에 메고 집으로 돌아가는 사람이 보였다.

산퍄오는 저린 다리를 펴고 일어나서 오렌지 나무 뒤로 뛰어가더니 바지를 내리고 오줌을 누었다. 처음에는 발아래를 향해 오줌발을 쏘다가 오렌지 나무 아래 까만 진흙 위로 방향을 바꾸었다. 오줌 누는 소리를 듣고 류구와 후즈가 산퍄오 옆으로 가더니 둥그렇게 서서 산퍄오가 오줌 눈 자리를 겨누고 오줌을 누었다.

산퍄오와 아이들은 5학년이고 홍산은 이제 2학년이지만, 홍산도 부끄러움을 알 나이라서 입술을 뾰로통하게 내밀고는 얼굴을 옆으로 돌리면서 고개를 숙였다. 그러나 사내 녀석들이 한꺼번에 오줌 쏘아 대는 소리가 들리는 건 어쩔 수 없었다. 오줌 누는 소리가 점점 커지면서 오줌이 땅 위에 고여 웅덩이가 만들어졌다.

산퍄오, 류구, 후즈는 바지를 여민 뒤 고개를 숙이고 자신들이 만든 조그마한 오줌 웅덩이를 보면서 동시에 서로의 마음속에 떠오른 짓궂은 생각을 읽었다. 우선 산퍄오가 땅에서 작은 나무 막대를 주워 들더니 쪼그리고 앉아서 오줌 웅덩이를 휘휘 저었다. 진흙이 반죽이 되면서 까맣게 변하더니 새카만 진흙탕 물이 되었다.

류구가 목소리를 낮추고 말했다.

"큰 글씨도 쓸 수 있겠다."

후즈가 짙푸른 삼 잎을 따더니 손으로 받쳐 들고 산퍄오 옆에 앉았다.

산퍄오는 나무 막대를 던져 버리고 좁은 나무판자를 주워 새카만 오줌 진흙물을 퍼서 후즈가 받쳐 들고 있는 삼 잎 위에 담았다. 마음이 통한 류구가 한쪽에서 강아지풀 네다섯 개를 뽑아 왔다.

산퍄오, 류구, 후즈는 주위의 동정을 살피면서 완차오 옆에 쪼그리고 앉았다.

홍산은 산퍄오와 아이들이 완차오에게 무슨 짓을 하려는지 몰랐지만, 붓을 먹물에 찍듯 강아지풀을 새카만 흙탕물에 묻히는 모습을 보는 순간 아이들의 계략을 알아챘다. 홍산은 멀찌감치 물러나 앉으며 아이들의 놀이에 끼어도 될지 어쩔지 갈피를 잡지 못했다.

완차오는 몸을 한 번 뒤척이더니 하늘을 향해 반듯이 누웠다. 완차오의 콧방울이 깊은 호흡을 따라 규칙적으로 들썩였다.

기름을 바른 듯 노랗게 반들거리는 오렌지가 햇빛을 받아 반짝이고 있었다. 오렌지들은 마치 금속으로 만든 공처럼 바람결 따라 흔들리며 햇빛 아래에서 반짝반짝 빛났다. 검푸른 잎사귀 몇 개가 완차오의 헝클어진 머리카락 위로 떨어져 내렸다. 완차오의 얼굴에 보일 듯 말 듯 옅은 미소가 지나갔다.

후즈가 산퍄오를 바라보며 엄지손가락을 윗입술 양쪽에 대고

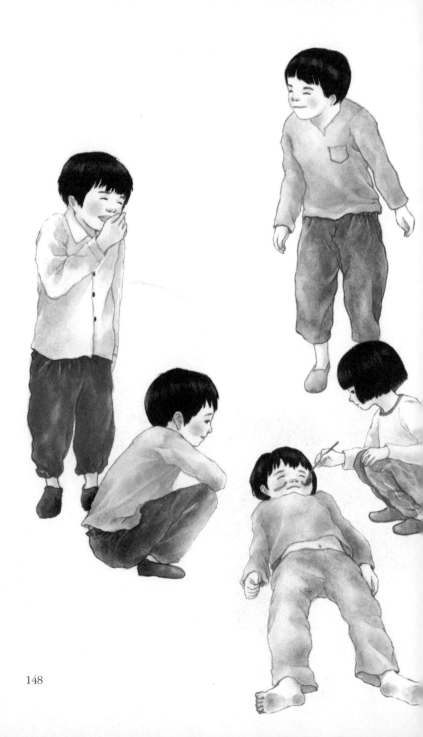

그었다.

'팔(八) 자수염! 알았다.'

산퍄오는 오른쪽 소매를 걷고 흙탕물을 찍어 살그머니 완차오의 윗입술 위에 왼쪽으로 찍 그었다.

류구는 벌써부터 강아지풀에 흙탕물을 묻혀 놓고 기다리고 있다가, 살그머니 다가와 완차오의 입술 위에 오른쪽으로 찍 그었다.

제대로 그려진 팔자수염 때문에 완차오의 모습이 완전히 달라 보였다. 이제 산퍄오와 친구들마저도 완차오의 모습을 알아보지 못할 지경이었다.

후즈가 산퍄오와 류구를 슬쩍 밀치고 들어와 한 손에 까만 진흙탕이 든 삼 잎을 들고, 다른 손에는 화가가 붓을 든 것처럼 흙탕물을 묻힌 강아지풀을 들고 완차오의 옅은 두 눈썹에 새카맣게 칠을 했다.

완차오는 어느새 길을 걷다 지친 대장부가 오렌지 나무 아래에서 곤히 잠든 신비한 영웅의 모습으로 변했다. 홍산은 산퍄오, 류구와 후즈가 귓속말을 하면서 입을 막고 킥킥거리는 모습을 보고는, 살그머니 다가와 완차오의 얼굴을 들여다보고 '풉' 하고 웃어버렸다.

완차오의 얼굴에 아주 잠깐 갑자기 놀란 듯 묘한 표정이 지나갔다. 그러나 어느새 깊은 잠에 빠진 원래 모습으로 돌아왔다.

산퍄오와 아이들은 땅바닥에 앉아 완차오를 둘러싸고 들여다보다가, 또 서로의 얼굴을 쳐다보며 즐거워했다.

한낮의 태양이 오렌지 나무 꼭대기에 걸려 햇볕을 곧게 내리쬐고 있어, 이글거리는 햇빛을 받은 오렌지가 점점 더 빛나면서 마치 불이 붙은 것 같아 보였다.

홍산이 말했다.

"이제 집에 가야지."

그러나 산퍄오와 후즈, 류구는 아직 가고 싶은 생각이 들지 않았다. 편안하게 누워서 깊은 잠에 빠진 완차오에게서 아직 충분한 즐거움을 얻지 못한 것이다.

산퍄오는 손에 들고 있던 강아지풀을 내던지고 직접 손으로 삼잎 위의 진흙물을 찍어 완차오의 얼굴에 칠하기 시작했다. 산퍄오는 어렸을 때 엄마가 자기 얼굴에 연지를 발라 준 일을 떠올리며, 동글동글하게 원을 그리기 시작했다. 처음에는 1위안짜리 동전만 한 크기로 연지를 그리다가 점점 크게 그리더니 5위안짜리 동전만큼 크게 그리다 마침내 고약 크기만큼 크게 그렸다.

완차오는 어느새 익살스런 모습이 되었다.

홍산은 구경에 취해 어느새 두 볼이 발그레해지며 반달눈썹 아래로 눈을 반짝였다.

산퍄오가 속삭이듯 물었다.

"홍산, 너도 그릴래?"

홍산은 고개를 저었다.

"난 못해."

후즈가 말했다.

"강아지풀로 그려."

홍산이 말했다.

"그래도 못하겠어."

류구가 말했다.

"얼굴 반쪽이 남았는데, 네가 안 하면 내가 나머지 얼굴에도 그릴 거야."

산퍄오는 홍산이 그리지 않는 것이 못내 아쉬운 듯했다. 산퍄오는 모두가 공평하게 그리는 것이 좋겠다고 생각하며 강아지풀을 홍산에게 건넸다.

"그려 봐."

홍산이 쪼그리고 앉았다.

후즈가 얼른 삼 잎을 받쳐 들었다.

홍산은 톡 쏘는 지린내에 콧등을 찡그렸다. 후즈는 냄새나는 삼 잎을 옆으로 살짝 치웠다.

홍산은 꿇어앉아 하얗고 통통한 손으로 강아지풀을 들고 흙탕물을 찍어 완차오의 깨끗한 한쪽 볼에 그림을 그렸다. 홍산은 마치 미술 시간에 선생님이 그리라는 그림을 그리고 있는 것처럼, 완차오의 얼굴이라는 것도 잊고 그리는 데 열중했다. 홍산은 반에서도 공부를 열심히 하는 여학생인 데다 뭘 하든 열심이었다. 홍산은 그림 그리기에 푹 빠져 완차오의 얼굴에 자기 얼굴이 바짝 붙는 줄도 몰랐고, 진흙물에서 나는 지린내조차 느끼지 못했다. 홍산은 완차오의 다른 쪽 볼에 그려진 고약 크기와 비교하면서 그 '고약'과 비슷한 크기로 그리려고 애를 썼다.

홍산이 그리는 동안 산퍄오와 후즈, 류구는 모두 초조해했다.

마침내 그리기를 다 마쳤다. 홍산이 까맣게 물든 강아지풀을 버리고 길게 숨을 내쉬었다. 산퍄오와 친구들도 똑같이 긴 숨을 내쉬었다.

아이들은 모두 일어서서 완차오를 둘러싸고 빙빙 돌았다. 홍산이 웃기 시작하자 다른 아이들도 하나씩 웃기 시작했다. 그렇게 웃다가, 웃다가 모두들 깔깔거리며 배꼽을 잡고 미친 듯이 웃어 댔다. 나중에 후즈는 아예 땅바닥을 뒹굴고, 홍산은 제대로 서 있지 못하고 오렌지 나무를 끌어안았다.

완차오는 아이들의 웃음소리에 잠에서 깨어났다.

웃음소리가 차츰 잦아들다가 마침내 멈추었다.

산퍄오와 아이들은 땅바닥에 앉아 있기도 하고, 허리를 구부리고 있기도 하고, 고개를 젖히고 하늘을 보기도 하고, 오렌지 나무를 끌어안고 있기도 했다. 완차오가 천천히 몸을 일으키자 다들 웃음소리를 뚝 그쳤지만 자세만큼은 그 자리에서 얼어붙은 듯 그대로 있었다.

완차오는 빛 때문에 아이들이 잘 보이지 않는 듯 잠시 멍하니 있더니 놀란 듯 아이들 이름을 하나씩 불렀다.

"산퍄오, 후즈, 류구, 홍산, 너희들이 모두 여기 있었네!"

완차오는 잠시 동안 두 눈을 감고 있다가 천천히 눈을 뜨더니 가늘게 뜬 눈으로 말했다.

"너희들 알아? 나 방금 전 여러 가지 꿈을 꿨어. 너희들이 하나씩 나오는 꿈이야."

산퍄오, 후즈, 류구와 홍산은 놀랍기도 하고 호기심이 일기도 해서 완차오 옆으로 하나씩 다가가 앉았다.

완차오가 오렌지 나무 뿌리 옆으로 자리를 옮기면서 살며시 오렌지 나무 기둥에 몸을 기댔다.

"꿈에서 첫 번째로 본 아이는 홍산이야. 꿈에서 얼마나 더운지 죽을 지경이었어. 나는 홍산과 함께 과수원에서 배를 따 먹었어. 얼마나 큰 과수원인지 몰라. 나는 한 번도 그렇게 큰 과수원을 본 적이 없어. 홍산과 나는 배를 하나씩 먹기 시작했는데, 나중에는 몇 개를 먹었는지도 모르게 많이 먹었어.

그런데 어떻게 된 일인지는 모르지만 양 선생님이 어느새 우리 옆에 서신 거야. 반듯하게 키가 큰 양 선생님이 내 바로 앞에 서신 거야. 그런데 선생님은 아무 말씀도 없으셨어. 선생님은 말을 못하시는 것 같았어. 나와 홍산은 선생님을 따라갔어. 그런데 난 발걸음이 잘 떨어지지가 않았어. 홍산이 몇 걸음 걷다가 걸음을 멈추고 나를 기다려 주었어. 그렇게 가다 보니 커다란 오렌지 나무가 나왔는데, 그 나무 그늘은 큰 논밭만큼이나 컸어. 선생님은 '쨍쨍 내리쬐는 햇볕 아래 서 있어!' 라고 말하고는 종이로 변해 휙 날아가 버렸어. 나와 홍산은 선생님을 겁내지 않았어. 이렇게 커다란 나무 그늘이 있는걸!

나는 홍산을 향해 웃었고, 홍산도 나를 향해 씽긋 웃었어. 우리는 나무에서 오렌지를 따서 하나씩 먹었어. 그렇게 오렌지를 먹고 있는데, 나무 그늘이 점점 작아졌어. 결국 우리 둘이 꼭 붙어 있을 만큼 작아진 거야. 그러다 발밑을 보니 이제 한 사람만 서 있을 수 있고 한 사람은 땡볕에 서 있어야 했어. 쨍쨍 내리쬐는 태양이 세숫대야만큼이나 커져 있었어. 이글거리는 태양에 오렌지 나무 잎사귀가 바싹 타들어 가 버리자 오렌지가 비처럼 쏟아져 내렸어.

그런데 정말 이상하지? 잎사귀들이 모두 바싹 타 버렸는데도 나무 그늘은 여전히 조금 남아 있었어. 그건 한 사람만 설 수 있는 그늘이었어. 나와 홍산이 오렌지 나무 아래에서 도망치려고 하는데, 종이 한 장이 날아왔어. 종이가 공중을 날아서 오는 걸 보면서 우리는 그 종이가 양 선생님이라는 걸 알았지.

　홍산이 나무 그늘 아래로 나를 밀었어. 나는 얼른 뛰어나왔어. 그런데 홍산이 나를 다시 나무 그늘 아래로 밀면서 나에게 그늘을 양보했어. 내가 그러지 않겠다고 하니까 홍산이 울면서 발을 동동 굴렀어. 나무 그늘은 우산 같았어. 나는 우산 아래 서 있었는데, 우산 바깥에서는 불로 만든 공 같은 태양이 이글거리고 있었어. 나는 나무 그늘에서 나가려고 했지만, 홍산이 고개를 바짝 들고 나를 노려보고 있어서 나무 그늘에 선 채 꼼짝하지 못했어. 나무 그늘에 있으니까 시원하고 편안했지만, 홍산은 땡볕 아래 서 있었어. 이글거리는 태양 아래 말이야! 홍산의 머리카락이 서서히 타들어 가기 시작했어. 내가 홍산에게 말했어.

　'그늘로 와.'

　그런데 홍산은 고개도 돌리지 않았어. 그래서 내가 다시 나무 그늘 밖으로 나갔어. 홍산이 다시 고개를 돌리자 난 또 움직일 수가 없었어. 두 다리가 마치 그늘 아래 눌어붙어 버린 것 같았어. 바싹 말라 땅에 떨어진 잎사귀들과 홍산의 버석하게 마른 입술을 보면서 나는 울었어. 내 눈물이 땅 위로 떨어져 흐르기 시작했어. 너희들 알겠니? 그 물결이 점차 커지더니, 어찌 된 일인지 나무 그늘이 되는 거야. 그리고 나무 그늘이 점점 커지더니, 다시 처음에 봤던 것처럼 큰 논밭만큼 커졌어."

멀리 보이는 들판 위로 누군가 노래를 부르며 걸어가는데, 너무 멀어서 오렌지 나무 아래까지는 소리가 잘 들리지 않았다.

산퍄오, 후즈, 류구와 훙산은 앉은 채 꼼짝 않고 있었다.

"두 번째로는 산퍄오를 봤어."

완차오가 회상에 잠겼다.

"황무지였는데, 사방을 둘러봐도 사람이라고는 아무도 없고 우리 둘만 있었어. 우리는 몇 날 며칠을 걸었는데 여전히 황무지를 벗어나지 못하고 있었어. 그런 걸 진짜 황무지라고 할 수 있을 거야. 강도 보이지 않고, 푸른 곳이라고는 조금도 보이지 않는 그곳에는 말라 버린 나무와 말라비틀어진 잡초뿐이었어. 하늘을 나는 새 한 마리조차 보이지 않았고, 들리는 소리라곤 아무것도 없이 고요하기만 했어.

나와 산퍄오는 손을 꼭 잡고 있었어. 그렇게 둘이서 손을 꼭 잡고 떨어지지 않으려고 했어. 바람은 없었지만 흙먼지가 심하게 날리면서 공중에서 회오리가 되어 짙은 안개처럼 해를 온통 가려 버렸어. 내가 꼼짝도 못하고 있으니까 산퍄오가 나를 있는 힘껏 끌어당겼어. 배가 얼마나 고팠는지 흙덩이조차 깨물어 먹고 싶었어. 강과 마을과 사람이 사는 집이 보고 싶었어. 나는 풀이라도 뜯어 먹고 싶었지만 먹을 만한 풀조차 보이지 않아 화가 났어. 그래서 마른풀에 발길질을 했는데, 그러다 깜짝 놀라고 말았어. 무슨 일이 일어났는지 알아? 한번 맞춰 봐. 마른풀이 다 타 버린 거야. 순식간에 마른풀에 불이 붙어 활활 타더니 그 불이 우리 뒤를 바짝 쫓아오기 시작했어. 산퍄오가 나를 끌며 죽을힘을 다해 뛰었어.

그런데 나는 더 이상 뛸 수 없어서 바닥에 쓰러지고 말았어. 산퍄오는 허리띠를 풀어서 내 발목을 묶고는 나를 질질 끌고 앞으로 걸어갔어. 땅 위의 풀들이 미끌미끌해서 나는 눈밭에 누워 있는 것처럼 산퍄오가 끄는 대로 미끄러지는데 마치 하늘을 나는 것 같았어. 언제인지는 모르겠지만 산퍄오가 나를 소리쳐 불렀어.

'완차오, 앞을 봐!'

나는 얼른 일어나서 앞을 보았어. 거기서 내가 뭘 봤는지 알아? 그건 오렌지 나무였어. 오렌지 나무가 제방 위에 서 있는 거야. 제방이 얼마나 높은지 상상할 수 있겠니? 구름 속에 우뚝 선 제방에는 아무것도 없고 오직 오렌지 나무만 있었어. 우리는 손을 잡고 제방 위로 올라갔어. 그 나무의 오렌지 잎사귀가 얼마나 큰지 알아? 손바닥만큼이나 컸어. 나와 산퍄오는 힘이 다 빠져서 오렌지 나무 아래에 앉았어. 우리는 고개를 들고 하늘을 올려다보며 속으로 생각했어. 나무 위에 오렌지가 달려 있다면 얼마나 좋을까? 오렌지!"

완차오가 하늘을 바라보며 손으로 오렌지를 가리키는데 눈 속에 빛이 뿜어져 나왔다.

"그건 오렌지였어! 오렌지, 커다란 오렌지! 산퍄오가 오렌지를 올려다 보더니 나무 기둥을 끌어안고 올라가기 시작했어. 나는 올라갈 수 없어서 바닥에 벌렁 누워 버렸어. 산퍄오가 말했어.

'넌 아래에서 기다려.'

산퍄오는 달랑 바지 하나만 걸치고 신발도 신지 않은 채 오렌지 나무 위를 오르기 시작했어. 그 샛노란 오렌지가 산퍄오의 눈앞에 달려 있었어. 산퍄오가 오렌지를 따려고 손을 뻗었어. 그런데, 어? 이상하지? 그 오렌지가 다른 가지 위로 휙 날아가 버리는 거야. 오렌지가 날다니! 너희들은 여름 도깨비불을 본 적 있어? 오렌지가 그 여름 도깨비불같이 나무 위에서 이리저리 날아다녔어. 나는 땅 위에 누운 채 애가 타서 소리쳤어.

'여기야, 여기 있어!'

산퍄오는 이 나뭇가지에서 저 나뭇가지로 오르내리며 그 오렌지를 쫓아다녔지만 도저히 잡을 수가 없었어. 산퍄오는 나뭇가지 위에서 숨을 헐떡이고 있었어. 산퍄오가 흘린 땀방울이 뚝뚝 떨어져 내 얼굴을 때리니까 얼굴이 얼얼해졌어. 그런데 그 순간, 그 오렌지가 산퍄오 눈앞에서 멈춘 채 움직이지 않고 등불처럼 반짝였어. 산퍄오는 몸을 앞으로 굽히며 반짝이는 눈으로 잠시 오렌지를 노려보았어. 나는 목이 다 쉬어서 말이 잘 나오지 않았지만 있는 힘껏 소리쳤어.

'산퍄오, 뭐 하는 거야!'

내 말이 다 끝나기도 전에 산퍄오가 그 오렌지를 덮쳤어. 쿵 하는 소리와 함께 산퍄오가 오렌지와 함께 공중에서 땅으로 떨어졌어. 산퍄오는 오렌지를 꼭 끌어안은 채 땅바닥에 그대로 누워 꼼작도 하지 않았어. 나는 비명을 질렀어.

'산퍄오! 산퍄오……!'

드디어 산퍄오가 깨어나더니 오렌지를 내 손에 쥐어 주었어. 나는 오렌지를 산퍄오에게 밀어냈어. 그러면 산퍄오가 또 내게 밀어 주었어.

'먹어, 널 위해 딴 거야.'"

오렌지 나무의 오렌지를 바라보는 완차오의 눈에 눈물이 반짝거렸다.

노랫소리가 점점 크게 들리는 걸 보니 방금 전 먼 들판에서 노래를 부르며 지나던 사람이 이곳을 향해 걸어오고 있는 것 같았다.

산퍄오, 후즈, 류구와 홍산은 완차오 앞으로 바싹 다가가 앉았다.

"이번에는 류구 얘기야."

완차오가 몸을 슬쩍 빼면서 편안하게 오렌지 나무에 기대어 앉아 다리를 쭉 뻗어 포갰다.

"너희들, 꿈에서 자기가 아픈 걸 본 적 있어? 난 내가 병난 걸 봤어. 정말 이상한 병이었어. 열도 나지 않고 아픈 곳도 없는데 기운이 없는 거야. 밥도 먹고 싶지 않고 꼴풀을 베러 가고 싶지도 않고 학교도 가기 싫고 놀기도 싫은 거야. 온갖 곳을 다 다니며 치료를 해 보았지만 잘 낫지 않았어.

어느 날, 내가 류구네 집 마당을 지나는데 류구네 집 정원 안에 있는 오렌지 나무 위에서 새가 울고 있는 거야. 어떻게 된 일인지 모르지만 그 새소리를 듣자 내 몸이 부들부들 떨렸어. 그렇게 온몸이 떨리다가 차츰 멈췄어. 나는 계속 새소리를 듣고 있었는데, 새소리를 듣다 보니 밥이 먹고 싶고, 꼴풀도 베러 가고 싶고, 학교도 가고 싶고, 너희들과 미친 듯이 놀고도 싶은 거야. 그렇게 내 병이 말끔히 나았어.

나는 고개를 들고 오렌지 나무 위에 있는 새를 보았어. 새가 둥우리 가에 앉아 있었는데, 그 둥우리는 굉장히 작고 눈처럼 하얬어. 새의 주둥이와 발은 온통 황금빛 도는 빨간색이었는데, 새가 어찌나 깨끗하던지 마치 물속에서 목욕을 하고 금방 나온 것 같았어. 새가 고개를 갸웃하더니 나를 내려다보았어. 나도 비스듬히 새를 올려다보았지. 새가 다시 지저귀기 시작했어. 나는 한 번도 그렇게 아름다운 새소리를 들어 본 적이 없었어."

완차오가 마치 새소리를 듣고 있는 듯 심취된 표정을 지었다.

"그때 이후로 나는 알았지. 내 병을 낫게 해 주는 것이 바로 저 새구나. 유마지 사람들도 모두 내가 이상한 병에 걸린 걸 알고 있었어. 류구는 자기네 집 나무 위의 새를 향해 말했어.

'얼른 가, 완차오네 집으로 날아가.'

류구는 그 새를 굉장히 좋아했어. 새가 일 년 내내 류구네 집 오렌지 나무 위에서 노래를 불렀거든. 그런데 새가 날아가지 않는 거야. 류구가 대나무 막대를 휘저으며 새를 쫓았어.

'어서 가, 어서 완차오네 집으로 가.'

그러니까 새가 할 수 없이 하늘로 날아올라 몇 바퀴 날더니 다시 내려앉았어. 새는 오렌지 나무를 떠날 수가 없었던 거야. 류구가 나무 위의 새에게 애원을 했어.

'어서 가, 완차오가 아파서 누워 있어. 완차오를 고쳐 줄 수 있는 건 너뿐이야.'

그러나 새는 말을 듣지 않았어. 류구가 조급한 마음에 돌을 던졌어. 새는 돌에 맞으면서도 날아가지 않았어. 그런데 어느 날인가 내가 문 앞에서 햇볕을 쬐고 있는데 문 앞 큰길에서 덜커덩거리는 소리가 들려왔어. 고개를 들고 바라보니, 어른들과 아이들이 웅성거리고 있었어. 너희들 내가 뭘 봤는지 알아? 그건 오렌지 나무였어. 류구네 집에 있던 그 오렌지 나무! 류구 손에는 류구네 아빠가 소 몰 때 쓰던 채찍이 들려 있었어. 류구가 그 채찍으로 나무를 재촉하고 있는 거야. 류구가 공중을 향해 채찍을 휘두르면 '따닥' 하는 소리가 났는데, 마치 폭죽 소리처럼 메마른 소리였어. 오렌지 나무는 점점 더 크게 다가왔고, 어른과 아이들이 그 뒤를 따르며 시끌시끌 웅성웅성 뭐라고 떠들어 댔어.

그때 나는 그 새를 보았어. 새는 새집을 지키고 있었고, 오렌지 나무가 이리저리 흔들릴 때마다 새도 이리저리 흔들리고 있었어. 새는 갑자기 오렌지 나무 위로 날아올라 나뭇가지 사이를 이리저리 날아다녔어. 나중에는 새가 가장 높은 나뭇가지 위에 내려앉아 하늘을 향해 노래 부르기 시작했어. 어른들과 아이들은 모두 말을 잃고 새소리를 듣고 있었어. 그때부터 오렌지 나무는 우리 집 창문 앞에서 자라났어. 매일 아침 해가 솟아오를 때 새가 노래를 불렀어."

완차오는 갑자기 자기가 너무 바보 같은 말만 하고 있는 건 아닐까 생각하며 수줍어했다.

아까부터 민요를 부르며 걷고 있던 사람이 오렌지 나무 가까이로 다가오고 있었다. 끊어질 듯 이어지는 민요가 한 구절씩 오렌지

나무 아래까지 들려왔다.

산퍄오, 후즈, 류구와 홍산은 완차오 앞으로 또다시 바짝 다가앉 았다.

완차오는 커다란 꼴풀 자루를 보면서 집으로 돌아가고 싶은 생 각이 들었지만, 산퍄오와 친구들이 지루한 기색 없이 자기 이야기 에 귀 기울이는 모습을 보고, 또다시 꿈속으로 돌아갔다.

"마지막으로 본 아이는 후즈였어. 꿈에서 나는 엄마를 먼저 만 났어."

완차오는 순식간에 행복하기 그지없는 표정이 되었다.

"우리 엄마는 굉장히 예뻤어. 정말 얼마나 예쁜지 몰라. 엄마는 길게 한 가닥으로 머리를 땋고 있었는데, 하얗고 가지런한 치아를 보이며 나를 향해 웃으면서 어서 오라고 손짓해 불렀어. 그런데 나 는 갈 수가 없었어. 아무리 해도 갈 수가 없었어. 나는 엄마의 눈에 수정 같은 눈물이 그렁그렁하게 맺히는 걸 봤어. 엄마에게 손을 흔 들었지만 엄마는 내 모습을 보지 못했고, 공중에서 엄마의 목소리 만 들려왔어.

'나 여기 강가에 있어…….'

엄마의 목소리가 얼마나 아름다웠는지, 그 목소리가 내 마음속 을 파고들었어. 내 앞에는 큰 강이 놓여 있었어. 세상에 그렇게 큰 강이 있다니! 너희들은 본 적도 없을 거야. 눈으로는 건너편 강가가 보이지 않고 그저 물, 아득한 강물밖에 보이지 않았어. 강물 위로 파도도 치지 않았고 작은 물결조차 없었어. 건너편의 비둘기들이 건너오고 싶어 날아올랐다가 중간에서 포기하고 다시 되돌아갔어.

나는 강가에 앉아 엄마가 있는 강 건너편을 바라보았어. 강기슭이 멀게만 보였어. 엄마는 분명 거기에 있을 거야. 그런데 아무리 둘러보아도 배가 보이지 않았어. 배가 갑자기 몽땅 사라져 버린 거야. 그때 후즈가 왔어. 후즈는 내 옆에 앉아 캄캄해질 때까지 같이 있어 주었어. 다음 날 나는 또 강가로 나와 앉았어. 그런데 그날은 후즈가 내 옆에 없었어. 셋째 날도 후즈는 오지 않았어. 대신 홍산이 다가와 말했어.

'후즈가 요즈음 자기네 집 오렌지 나무 아래에 앉아 있어.'

나는 홍산에게 물었어.

'걔가 뭐하려는 거지?'

홍산이 말했어.

'오렌지 나무를 잘라 내려는 거야.'

'오렌지 나무를 잘라 내서 뭐하려고?'

'배를 만든대. 널 위해서 배를 만들겠대.'

나는 곧장 후즈네 집을 향해 뛰어갔어. 후즈네 집 앞에는 오렌지 나무가 있었는데, 이 세상에서 가장 큰 오렌지 나무였어. 뛰는 동안 내 눈에는 아무것도 보이지 않고 오직 울창한 나뭇잎과 나무 한 가득 오렌지가 달린 나무만 떠올랐어. 나는 후즈네 집으로 뛰어갔어. 오렌지 나무! 오렌지 나무가 멀쩡하게 그 자리에 높게 서 있었는데. 후즈가 나를 보더니 큰 소리로 불렀어.

'오지 마! 오지 마!'

그 순간 '꽈당' 하는 소리가 들려오고 오렌지 나무가 쓰러졌어. 수많은 오렌지가 땅 위를 굴렀어. 나는 정신없이 뛰다가 오렌지 하나를 밟고 그 자리에서 미끄러져 넘어졌어. 며칠 동안 후즈는 자기네 집 앞 오렌지 나무를 끌로 파서 배를 만들고 있었어. 후즈는 나무를 파면서 눈물을 뚝뚝 흘렸어. 나는 후즈가 자기네 집 오렌지 나무를 무척 사랑했다는 걸 아주 잘 알아. 후즈가 나를 향해 웃어 주었어.

'넌 이제 엄마를 만날 수 있을 거야.'"

네 명의 좋은 친구들을 둘러보는 완차오의 몽롱해진 눈에 눈물이 반짝였다. 산퍄오, 후즈, 류구, 홍산은 한꺼번에 고개를 푹 숙였다.

민요를 부르던 사람이 마침내 가까이 다가왔다. 흰 수염이 나 있는 할아버지였다. 할아버지는 오렌지 나무 아래에 다섯 아이들이 앉아 있는 걸 보고 목소리 높여 노래를 불렀다. 그렇게 노래를 부르며 또 멀어져 갔다.

완차오가 상체를 꼿꼿이 세워 책상다리를 하고 흙 묻은 손을 조용히 다리 위에 내려놓았다.

산퍄오, 후즈, 류구와 홍산은 고개를 들고 완차오를 보는데, 무엇 때문인지 모르지만 마을 뒤 절 안에 모셔 둔 존엄한 부처상이 떠올랐다.

홍산이 울기 시작했다.

완차오는 자기가 말을 잘못한 건 아닌가 해서 당황하며 어쩔 줄 몰라 산퍄오, 후즈, 류구를 바라보았다.

산퍄오가 벌떡 일어나서 오줌 흙탕물이 있는 쪽으로 걸어가더니 쭈그리고 앉았다. 어느새 후즈, 류구도 오줌 흙탕물 가에 앉았다. 산퍄오가 먼저 손가락을 뻗어 까만 진흙탕을 찍어 얼굴에 발랐다. 그러더니 아예 손바닥을 진흙탕에 푹 찍어 얼굴에 문질렀다.

후즈, 류구도 산퍄오가 하는 대로 따라 하며 자신들의 얼굴을 모두 까맣게 칠하고 두 눈만 깜박거렸다.

홍산이 다가와 오줌 흙탕물 가에 쪼그리고 앉았다. 홍산은 새카매진 세 아이의 얼굴을 보더니 손을 뻗어 흙탕물을 찍어 조금씩, 조금씩 자기의 얼굴에 발랐다. 그 모습은 마치 화장품이라도 바르는 것 같았다. 산퍄오와 아이들은 초조해하지 않고 홍산이 다 바르기를 기다렸다.

네 명의 아이들이 새카매진 얼굴로 완차오 앞에 나타나자, 완차

오는 깜짝 놀라 오렌지 나무에 바짝 붙었다가 금방 '퓹' 하고 웃음
을 터뜨렸다.

산퍄오와 아이들이 펄쩍펄쩍 뛰면서 완차오를 둘러쌌다. 아이
들은 새카매진 얼굴로 여전히 깔깔거리며 웃어 댔다.

"까만 진흙이 어디 있어?"

완차오가 물었다.

산퍄오, 후즈, 류구, 홍산은 아무 말 없이 손가락으로 오렌지 나
무 뒤를 가리켰다.

완차오가 몸을 쭉 펴고 일어나서 나무 뒤에 있는 흙탕물을 발견
했다. 완차오는 두 손으로 흙탕물을 찍어 벽에 회칠하듯 얼굴에 칠
했다.

산퍄오와 아이들은 완차오에게 빈자리를 내주었다.

얼굴을 온통 새카맣게 칠한 아이들은 다섯 도깨비처럼 오렌지
나무를 빙 둘러싸고 팔짝거리며 노래를 불렀다.

초상 전야

할머니가 연세가 많아 돌아가실 때를 맞이하신 걸까? 아니면 너무 과로하신 걸까? 할머니는 숨 한번 크게 내쉬지도 못하고 손을 툭 늘어뜨렸다. 다야와 샤오야 두 손자를 남겨 두고 세상을 뜨신 것이다.

마을 어른들이 말했다.

"다야와 샤오야네 할머니가 돌아가셨어."

사실 할머니는 아직 가신 것이 아니고 긴 걸상 위에 놓인 문짝 위에 누워 계신다.(중국의 가난한 농촌에서는 죽은 사람을 관에 넣기 전에 문짝을 떼어서 그 위에 눕혀 놓기도 한다. - 옮긴이) 이웃 할머니들이 입혀 준 새 옷과 새 양말, 새 신을 신고 새로 만든 부드러운 베개를 반듯하게 베고 조용히 누워 계신다.

다야와 샤오야는 너무 울어서 이제 더 이상 울 수도 없었다. 그저 둘이 꼭 붙어서 멍하니 선 채 할머니를 물끄러미 바라볼 따름이었다.

두 아이의 얼굴에 맑은 눈물이 흐르고 있었다.

밤이 꽤 깊어지면서, 장례 준비로 피곤해진 어른들이 하나둘 집으로 돌아가야겠다는 말을 나누고 있었다.

"초상 밤샘을 해 줄 피붙이 하나가 없구먼."

"다야와 샤오야가 있지 않은가."

"애들은 너무 피곤할 텐데. 더구나 애들이라 겁도 많을 테고, 밤샘을 하려고나 할까?"

"불쌍해서 어째, 할미가 혼자 밤을 보내게 되었구먼."

마을 동쪽 끝에 사는 할머니가 말끝에 옷깃을 잡고 눈물을 훔쳤다.

다야와 샤오야는 천천히 할머니 곁으로 다가가 할머니 옆에 놓인 의자에 조용히 앉았다. 다야와 샤오야는 할머니의 손자니까 당연히 할머니의 초상 밤을 지킬 것이다.

방 안에 있던 사람들이 묵묵히 두 아이를 바라보았다.

"무서워 마라, 할머니인데 뭘."

마을에서 가장 나이가 많은 수염 할아버지가 다야와 샤오야의 머리를 쓰다듬으며 당부의 말을 하고, 눈을 껌벅이며 지팡이를 짚고 비틀비틀 걸어 나갔다. 다른 사람들도 할아버지를 따라 천천히 방을 나갔다.

다야와 샤오야는 사람이 죽으면 왜 꼭 가족이 밤새 지키고 있어야 하는지 잘 알지 못했다. 하지만 자기들이 할머니 옆을 지켜야 한다고 생각했고, 할머니 혼자 오두막에 외로이 누워 있어서는 안 된다고 생각했다. 할머니에게 두 손자는 너무나 소중한 존재였고, 두 손자에게도 할머니는 꼭 필요한 존재였다.

두 손자가 있어 할머니의 초상 밤샘을 해 줄 수 있으니 할머니는 참 복도 많다.

두 개의 촛불이 촛대 위에서 황금빛 불꽃을 태우고 있었다. 촛불에 비친 할머니의 머리카락이 반짝이고, 얼굴에도 광채가 나는 것 같다. 아마도 두 손자가 지켜 주고 있어서 만족하시나 보다.

그러나 할머니의 살짝 찡그린 눈썹을 보면 두 손자를 좀 더 돌보지 못하고, 이렇게 빨리 가 버리는 자신을 자책하고 있는 것 같다.

다야는 열두 살, 샤오야는 이제 겨우 여덟 살이다. 두 형제에게는 아빠가 없다. 아빠는 병으로 돌아가셨다. 엄마도 없다. 엄마는 재혼해서 먼 곳으로 간 뒤 한 번도 돌아오지 않았다. 그래서 할머니는 세상을 마음 편히 떠나실 수 없었다. 두 손자 걱정으로 차마 두 눈을 감을 수 없었지만, 결국 돌아가셨다. 그건 할머니 맘대로 할 수 있는 일이 아니니까.

촛불이 타며 촛농이 한 방울씩 흘러내렸다.

샤오야는 형 다야의 어깨에 엎드렸다. 형제는 꼼작 않고 앉아서 할머니의 얼굴을 바라보았다. 두 아이는 졸리지도 않고 졸린 줄도 몰랐다. 할머니가 살아 계실 때 두 아이는 항상 졸려서 만년필을 들고 글씨를 쓰다가 꾸벅꾸벅 졸았다. 할머니는 옆에서 "꾸벅 금 (金), 꾸벅 은(銀), 꾸벅이는 봐주지 않는다네. 꾸벅 신(神), 꾸벅 신, 꾸벅이는……" 하고 노래하며 요를 깔아 놓은 곳으로 둘을 끌고 갔다. 아이들이 몽롱하게 잠에 취한 채로 요 위에 풀썩 엎드리면, 할머니는 아이들의 신발과 옷을 벗기고 이불을 덮어 주며 입으로 는 또 노래를 했다.

"꾸벅 금, 꾸벅 은……"

앞으로 아이들이 졸면 그 누가 와서 아이들의 겨드랑이에 팔을 끼고 이불 있는 곳까지 데려갈 것인가?

샤오야와 다야는 울지 않았다. 그러나 마음속으로는 울고 있었 다.

밤이 깊었다. 사방이 호수처럼 고요했다. 멀리 들판에서 꿩 한 마리가 '꾸꾸꾸' 하고 울었다. 잠시 그렇게 울다가 울 때가 아니라 는 걸 아는지 목소리를 낮추어 몇 번 울고는 졸린 듯 더 이상 울지 않았다. 바람이 불기 시작했다. 집 뒤 연못가에서 갈대 부딪치는 소리가 스산하게 들려오고, 물고기가 물속으로 풍덩 뛰어드는 소리도 들려왔다. 창문 사이로 들어온 바람에 촛불이 춤추며 흔들렸다.

샤오야는 갑자기 무서운 생각이 들어 두 손으로 다야의 팔을 꽉 잡았다. 다야는 의젓한 형이니까 샤오야만큼 무서워하지는 않았다. 다야는 샤오야를 품에 끌어안고 서로 의지했다. 그러다가 할머니가 정말로 돌아가셨구나 하는 생각이 들면서 갑자기 와락 무서운 생각이 들었다.

할머니는 손자들에게 수많은 동요를 가르쳐 주었다. 여름에 더위를 피해 강가로 나가면 할머니가 파초 부채로 모기도 쫓고 부채질도 해 주며 노래를 불러 주었다. 겨울에 추울 때면 아이들은 저녁밥을 먹자마자 이불 속으로 파고들곤 했다. 벽에는 등잔불이 걸려 있었다. 아이들은 잠이 오지 않아 할머니의 겨드랑이를 파고들었다. 할머니는 체온으로 두 손자를 따뜻하게 녹여 주면서 노래를 불렀다. 아이들은 할머니가 들려주는 동요를 들으며 즐거운 시간을 보냈다.

할머니가 돌아가셨다. 할머니는 두 아이에게 흥겨운 동요를 남겨 두고 떠났다.

다야는 파르르 떨고 있는 샤오야를 꼭 끌어안으며 살며시 노래했다.

"석류나무에 앵두 열리고, 수양버들에 고추 열렸네.

북을 불고, 피리를 친다네,

트럭에 올라 승용차를 끈다네.

나무토막은 가라앉고, 바위는 물 위에 둥둥,

병아리가 솔개를 물고, 생쥐가 야옹 고양이를 잡는다네."

샤오야가 형을 슬쩍 보며 노래한다.

"금수레가 덜컹, 금수레가 덜컹.

할아버지가 박자를 맞추고 할머니가 노래하네,

밤이 새도록 노래를 하네.

아이들을 키워서 둘 곳 없어,

부뚜막에 두었더니 후루룩 쩝 숭늉을 먹네."

형제가 돌아가며 노래를 부른다. 부르다 부르다 둘은 꼭 껴안고 잠이 들었다.

촛불이 거의 다 타들어 가고 희미한 불꽃만 남았다.

차가운 봄밤 공기에 다야가 잠에서 깨어나 얼른 샤오야를 흔들었다.

"똑바로 앉자."

샤오야는 손등으로 눈을 비비며 웅얼웅얼 할머니를 불렀다.

다야가 수염 할아버지의 당부대로 새 초를 꺼내서 불을 붙이고 촛대에 꽂았다.

날이 밝으면서 할머니 곁에 머물 시간은 점점 짧아지고 있었다. 먼동이 트면 마을 사람들이 와서 할머니의 상여를 내갈 것이다.

형제는 더 이상 잠들지 못하고 서로를 의지한 채 앉아서 주름 가득한 할머니의 얼굴을 조용히 바라보았다.

할머니는 정말 고생이 많았다. 연세가 그렇게 많으면서도 갖은 고생을 해 가며 두 손자를 키운 것이다. 할머니는 손자들을 깊이 사랑했다. 손자들을 위해 할머니는 어떠한 고생도 마다하지 않았다. 집 앞 채마밭에서 아침부터 밤까지 각종 채소를 가꾸었다. 땡볕에 타 죽을 것 같은 한여름, 할머니가 머리 위에 젖은 수건을 얹고 의자에 앉아 콩꼬투리를 깔 때면 땀방울이 뚝뚝 떨어졌다. 커다란 늙은 호박, 보랏빛 가지, 성싱한 무, 초롱 같은 풋고추, 연발 폭죽처럼 줄줄이 열린 제비콩, 수세미 같은 것들을 길렀다. 할머니는 지팡이를 짚고 작은 발을 옮겨 가며 채소들을 한 바구니씩 거둬 읍내에 내다 팔았다. 그렇게 채소를 팔아 마련한 돈으로 다야와 샤오야의 옷을 사고 책을 사고 연필을 샀다. 할머니는 다야와 샤오야가 남에게 무시당하는 일이 없게 해 주고 싶었던 것이다.

할머니의 마음속에는 오로지 두 손자뿐이었다.

겨울에 큰 눈이 내려 길이 미끄러우면, 할머니는 다야와 샤오야가 등굣길에 넘어져 엉덩방아를 찧을까 봐 지팡이를 짚고 학교까지 마중 나오다가 수없이 넘어지기도 했다. 학교에 도착해서는 학

교 건물 처마 아래서 하염없이 기다렸다. 다야와 샤오야가 수
업을 마치고 학교에서 나올 때까지 기다리는 동안 할머니의 머
리와 몸 위로 눈이 소복이 쌓였다. 아이들은 양쪽에서 할머니의
손을 하나씩 잡고 집으로 향했다.

어린 형제의 눈에 가득 고인 눈물이 주르륵 흘렀다.
밤은 점점 더 고요해졌다. 바람 소리 외에는 아무 소리도 들리

지 않았다.

다야는 샤오야를 바라보며 눈으로 물었다.

"샤오야, 무슨 생각 해?"

샤오야는 콧등이 시큰해져 두 줄기 눈물을 주룩 흘렸다. 다야는 동생을 끌어안으며 동생의 머리 위로 눈물을 뚝뚝 흘렸다.

'휘익' 부는 바람 소리와 집 뒤 연못 물이 연못가 바위에 부딪치는 소리가 철썩철썩 들려왔다.

'울지 마. 울어도 할머니를 붙잡을 수는 없으니까.'

날이 몹시 차가웠다. 아이들은 죽은 할머니를 지키는 밤이 이제 조금도 무섭지 않았다. 다야는 침대에서 얇은 이불을 가져와 할머니를 덮어 주었다. 형제는 따뜻한 손으로 할머니의 차갑고 거친 손을 꼭 쥐었다.

할머니가 살아 계실 때, 둘은 할머니의 일을 도운 적이 거의 없었다. 돕기는커녕 늘 말썽만 피워 할머니를 많이 속상하게 했다. 여름에는 으레 마을 아이들이 홀딱 벗고 마을 앞 시냇물에서 목욕을 하기도 하고 물장구를 치기도 하며 놀았다. 형제는 아이들이 노는 모습을 보면서 놀고 싶어서, 할머니가 당부한 말을 까맣게 잊고 팬티를 벗어 던진 뒤 물로 풍덩 들어갔다. 할머니가 어떻게 알았는지 어느새 시냇가로 달려 나왔다. 물속에서 놀다가 할머니가 멀리 보이면 얼른 물가로 나와 팬티를 입었다. 할머니는 지팡이를 들고 아이들의 엉덩이를 몇 대 때려 주었다. 할머니는 아이들이 물에 빠져 죽을까 봐 걱정되었던 것이다. 아이들을 때린 뒤에는 아이들의 엉덩이를 어루만지며 눈물을 흘리곤 했다.

"문질러라, 멍들지 않게."

형제는 몹시 후회했다. 할머니 마음을 상하게 하고 화나게 한 것, 너무 놀기만 한 것, 할머니 일을 조금도 도와 드리지 못한 일 들을 후회했다. 지금 와서 후회하면 무슨 소용인가? 날이 밝으면 할머니는 떠나신다. 영원히 떠나는 것이다.

다야는 작년에 마을 서쪽 어귀에 살던 우 할머니가 돌아가셨을 때의 일이 문득 떠올랐다. 할머니를 문짝 위에 눕혀 놓고, 늦은 시간까지 아들과 손자들이 먼 마을에서 모셔 온 노인을 따라 노래 부르며 우 할머니를 빙빙 돌았다. 그리고 그 옆에서 사람들이 북과 징을 치기도 했다. 그 노인은 눈을 감고 뭔가 흥얼거리며 목소리를 높였다 낮추었다 하며, 손에 색색의 종잇조각들이 담긴 접시를 들고 있었다. 그러다 노인은 그 색종이 조각들을 집어서 공중으로 뿌리고 우 할머니 몸 위에도 뿌렸다. 그때 다야와 샤오야는 그게 뭐 하는 거냐고 할머니에게 물었다. 할머니는 우 할머니를 보내 드리는 의식이라고 설명하며, 그렇게 하면 우 할머니가 좋은 곳으로 간다고 했다. 그곳은 꽃이 많이 피어 있는 곳인데, 우 할머니가 피곤해져서 그곳으로 복을 받으러 간 것이라고 했다.

다야와 샤오야는 할머니에게 고별식을 해 주기로 했다.

형제는 색종이 몇 장을 찾아내 가위로 잘게 잘랐다. 다야는 서랍에서 형제가 잘 불던 갈대 피리를 찾아냈다. 그것은 다야가 직접 만든 것으로 엄지손가락 굵기에 30센티미터 정도 되는 피리인데, 그 위에 작은 구멍을 내고 호루라기를 끼워 넣은 것이다. 다야가 갈대 피리를 샤오야에게 주었다.

"불어."

"할머니가 들을 수 있을까?"

"그럼."

다야는 고개를 끄덕이며 접시를 받쳐 들고 할머니 주위를 빙빙 돌며 걷기 시작했다.

샤오야는 서서 갈대 피리를 불었다. 피리 소리는 슬프게, 마치 할머니의 말소리처럼 낮게 울렸다.

다야는 노래를 불렀다. 무슨 노래를 부르는지도 잘 모르면서 그저 노래를 부르며 꽃종이를 공중으로 뿌렸다. 종잇조각이 공중에서 날리며 천천히 할머니 몸 위로 떨어져 내렸다.

눈물이 아이들의 눈가를 흘러 입가로 떨어졌다.

구슬픈 피리 소리가 봄밤에 나직이 울려 퍼지며 온 마을 사람들을 깨웠다.

할머니가 좋은 곳으로 가셨으면 하는 생각을 하자 두 아이는 갑자기 기분이 좋아졌다. 샤오야는 일어나서 피리를 힘차게 불었다. 곡조에는 별 변화가 없었지만 훨씬 즐거워졌다. 다야도 목소리를 점점 크게 하고 꽃종이도 더 높이 뿌렸다.

할머니가 두 아이를 기르느라 너무 힘드셨으니, 복을 받게 하소서.

하늘에는 영롱한 별들이 총총히 박혀 있고, 깨끗이 닦아 놓은 은쟁반처럼 달이 휘영청 밝았다. 먼 숲 속에서는 새들이 벌써부터 날개를 펴고 입을 크게 벌리며 아침 맞을 준비를 하고 있었다. 이슬 맺힌 복사꽃과 보리 이삭에서 향긋한 향기가 풍기고 있었다.

할머니 몸 위에 꽃종이가 가득했다. 아니, 꽃잎이 가득했다.

서서히 힘이 빠지면서 형제의 노랫소리가 점점 작아지고 피리 소리에도 힘이 없어졌다. 결국 피리를 멈추고 노래도 멈춘 채 서로에게 기댔다. 이제 형제의 마음에 슬픔만 가득한 것은 아니었다.

두 아이는 조용히 잠들었다. 할머니도 잠이 든 것 같았다. 촛불이 마지막 불꽃을 태우며 춤을 추더니 서서히 꺼졌다……